讀範文
學寫作

描寫文

選讀

修訂版

潘步釗 編

目錄

導言　4

朱自清 ▌ 槳聲燈影裏的秦淮河（節選）　14

郁達夫 ▌ 還鄉記（節選）　22

林語堂 ▌ 秋天的況味　30

周作人 ▌ 苦雨（節選）　36

沈從文 ▌ 常德（節選）　42

豐子愷 ▌ 憶兒時（節選）　48

梁實秋 ▌ 謙讓　54

張愛玲 ▌ 公寓生活記趣（節選）　60

韓少功 ▌ 戈壁聽沙（節選）　66

史鐵生 ▌ 二姥姥（節選）　72

賈平凹 ▌ 醜石　80

季羨林 ▌ 抄家（節選）　86

王蒙 ▌ 晚鐘劍橋（節選）　94

余秋雨 ▌ 洞庭一角（節選）　100

白先勇 ▮ 少小離家老大回（節選）　106

簡媜 ▮ 寂寞像一隻蚊子（節選）　112

鍾怡雯 ▮ 垂釣睡眠（節選）　118

莊裕安 ▮ 野獸派丈母娘（節選）　124

詹宏志 ▮ 水中之光（節選）　132

余光中 ▮ 沙田山居（節選）　140

也斯 ▮ 書與街道（節選）　148

淮遠 ▮ 戲院　156

董橋 ▮「一室皆春氣矣！」　162

西西 ▮ 家具朋友（節選）　170

胡燕青 ▮ 彩店（節選）　174

梁錫華 ▮ 扇情（節選）　182

葉輝 ▮ 豆腐濃淡總相宜（節選）　188

黃仁逵 ▮ 粥王　194

導言

一

散文，易作難工；描寫性質的散文，更加難工。所謂文無定法，求進步，主要還在於多讀多寫。雖然說來老套，但這卻是真方法，老老實實，沒有捷徑。許多人喜歡某作家，就只學習某種特定寫法。其實，學習求廣求深，深入研習一家，可以是其中一種重要方法，但於我，這既偏狹，不是學習創作的正途，也放棄了創作和賞析文學作品很多樂趣。多年來，我都抱持「觀千劍然後識器」的原理教學生，多閱讀賞析、多創作實踐是基礎，然後加以適當點撥，讓其掌握創作的原理與技巧，就會進步。有寫作天份的，自會日有進

步，登堂入室；天份不足者，亦可享受創作和欣賞文學之
樂。

　　文學，始終以形象化表達為基本原理。形象化，訴之於
感官，可見可聞、可感可想像，所以說描寫之道，首要着重
「張開感官」。感官包括視覺、聽覺、嗅覺和觸覺，同時也
指整體氣氛情味的感覺。劉勰在《文心雕龍・神思》中說：
「窺意象而運斤，此蓋馭文之首術，謀篇之大端。」適當選
用、調動和經營形象化的客觀事象，才可以產生感染力強的
藝術效果。如果我們認定自己「感覺遲緩」，其實也在認定
自己不適合創作，特別是描寫性文字，運用意象以產生形象

化效果，相當重要。選集中有不少這樣的作品，正是編者希望借以讓讀者觀摩學習：例如早在新文學運動時期，朱自清就是善用感官描寫和表達的高手，不要說選集中的〈槳聲燈影裏的秦淮河〉，他其餘廣為流傳的名篇如〈荷塘月色〉、〈春〉和〈綠〉等，無一不是大量運用通感等手法，製造形象具體的效果。其他選文，像胡燕青描寫彩店、淮遠描寫戲院、詹宏志描寫遇溺，都着重利用感官，產生形象具體效果。

對周遭事物有感官反應，可以是被動，也更講究主動的觀察感受。所以「觀察入微」，是描寫技巧第二項必須的條件。每天生活，遇到無數人事景物和客觀環境變化，沒有敏感和準確的觀察，描寫就難以獨到和深刻。所以張愛玲住在城市的公寓，就感到別人不感到的「趣」，也斯的〈書與街道〉，細緻刻劃家居樓下的大街，在物的複數和人的孤單之間，發現了城市生活的疏離與物化，沒有敏感和細緻的觀察，不容易達到這種效果。

觀察和感受，不會盲目無方向的進行，而是有目的性，最重要是「抓住特徵」，這是描寫技巧的重要要求。無論描寫的是人物、景物、事物或地方，這一點同樣重要。史鐵生描寫他印象模糊的二姥姥；王蒙寫黃昏夕陽下的劍橋；西西以朋友相看的家具；沈從文筆下寄寓的常德小城，無一不是在這方面相當成功的作品。只有抓住了特徵，描寫對象才變得鮮明和具體。

　　抓住了特徵，就要配合善用各種手法，令被描寫的對象鮮明具體地表達。鏡頭開合遠近，要配合，可以工筆細緻刻劃，於細節之處予讀者深刻的印象，也可以抹染寫意，從氣氛情味上打動讀者；擬聲反復、反筆諷刺，憑着筆法的變化，可以製造不同的描寫效果，其中最重要的，是配合文章立意所需要。梁實秋的〈謙讓〉，就明顯是諷刺多於描寫；莊裕安的〈野獸派丈母娘〉，寫人物幽默誇張，卻鮮明準確。另一方面，借物言志，對「物」的描寫，當然亦很重要，因此本集子中，也選錄這類文章，賈平凹借一塊「醜石」，說出「有用無用」的老莊哲理；梁錫華描寫葵扇，別

有寄託，這些散文，各有獨到之處，放在選集中，希望對讀者產生啟導示範的作用。

優秀的描寫文字，少不了想像的運用。聯想比擬，令描寫變得具體，也不局限於文字空間之內，境界和讀者參與都放大了。鄭板橋在〈題畫竹石〉文中，指出這種藝術竅門：「斂之則退藏於密，亦復放之可彌六合」描寫，應當追求能在描寫對象之外，翻出更多的空間和情味，就像葉輝描寫豆腐，同時寫出了文人的情味；韓少功寫戈壁，在具體描繪中，轉入了歷史的感覺和思索；余光中筆下沙田的錦山繡水，和十年山居的悠閒逸趣當然也分不開。善用聯想比擬，突顯了個人的感受，所以簡媜和鍾怡雯對蚊子的夜半來襲，都虛擬轉化，深化具體了寂寞和長夜無眠的心緒，這與中國傳統面對這些可惡的借題發揮，明顯不同。明初方孝孺的〈蚊對〉，先寫對蚊子的厭惡和批判，然後借童子之口說：「子何待己之太厚，而尤天之太固也」，比喻和抒發人與人間的剝削，比自然界微末之物更不如，雖然設喻新鮮，但不離以物喻人的和天下為公的文章傳統。有了新奇獨特的聯

想，文章的格局才可開闊，讀者也更易被感染。

好的描寫散文，講究具體深刻、準確獨特而情思動人，無論是寫景、寫人，還是描寫氣氛情思，要求都相若。語言文字的色彩，也往往引領讀者進入作者預設的情境物色，抒情言志，相得益彰。江淹〈別賦〉：「春草碧色，春水淥波，送君南浦，傷如之何！至乃秋露如珠，秋月如珪，明月白露，光陰往來。與子之別，思心徘徊。」這樣的文字，在美景中，把離情襯托得悱惻動人，就足見突出的描寫技巧，對藝術效果的作用。所以我們讀到豐子愷的〈憶兒時〉和白先勇的〈少小離家老大回〉，總由描寫的輕柔，進入作者情感的深摯。余秋雨寫洞庭君山，抓住了民生恬適的一面，是另一種文化的閱讀和省思，也帶引着讀者一起進入了沉思。

描寫，不像記敘講究明晰有序，也不像抒情以深情為先，更不會像說明議論的理性重邏輯。整體而言，它要求的文字工夫最深，也最多。年青作者，往往不善觀察，也不懂技法和聯想，因此在各類文字中，「描寫」的表現，最不理

想。改善的方法是掌握其中竅門原理，多研讀名家作品，日子沉浸，自可進步。這也是編選這本集子的最重要原因。

二

魯迅說過：「讀者的讀選本，自以為是由此得了古人文筆的精華的，殊不知卻被選者縮小了眼界。」（魯迅《集外集‧選本》）這話說對了一半，也告誡了讀者不能偏狹；本來，選本之存在和出現，正因為我們希望不要偏狹，不要「縮小了眼界」，不過，中國古典散文的流傳延續，向來就是以「選本」形式進行。由昭明太子的《文選》印行，文選就是古人學習和延續前人文學技巧匠心最簡單和常用的途徑，後來的《六朝文絜》、《唐文粹》、《宋文鑑》和《古文觀止》等，流傳很廣泛，也很悠久。選本，能夠善用，可以成為重要的起點，既精煉集中地欣賞到佳作，又讓閱讀準確而具質素地延展開去。

結合具體作品而立論、而闡明寫作原理方法，始終是

推演介紹創作理論的最佳方法，也讓讀者最能掌握。文例選取，編者的視野和識力，對選本的質素，起決定性的作用。中國古典散文源遠流長，當中可以學習的甚多，描寫人物的佳作，寥寥數筆勾出意態傳神的，可上溯魏晉《世說新語》；以行事說話描繪形象，則早於先秦散文，以至後來《漢書》、《史記》等史傳名作，既可學習，也影響後世甚深。其他寫景狀物和勾勒的筆墨技巧，也一樣是佳作紛陳，由漢賦駢體、唐宋散文名家，到明清兩代的公安派和張岱等人的小品。數千年來，留下了很多優秀經典散文，由古典到現代，一脈貫之，多研讀，對寫作散文有很大幫助。

三

選錄的二十八篇文章，從空間看，包括中港台三地；從時間分，則由「五四」時期到今天都有。既然推薦給讀者，當然都是筆者眼中的好文章，特別是在描寫手法的技巧和文字方面，有很多值得學習的地方。文無定法，文學創作當然有法則原理，可是不同作者的處理和風格，也實在是可以產

生面貌不同，卻同樣具藝術感染力的作品。

　　集子中選取的作家，絕大多數是一般中學生都認識的名家，手法雖不同，但編選過程，着重適合青年人的程度和品味。例如張愛玲散文，可以選擇〈秋雨〉，〈到底是上海人〉、〈遲暮〉等描寫性很重的文章。不過，如果細心去分辨，這些文章或者太濃、或者太成年人思維，不合中學生口味，最後選了〈公寓生活記趣〉，寫眾生、寫日常生活。另外，為了擴闊閱讀的範圍，不選中學生過分稔熟的作品，例如朱自清散文，同學在中學課程裏讀了不少，所以不選〈荷塘月色〉、〈春〉和〈綠〉等，而選了另一篇同學較少讀到的〈槳聲燈影裏的秦淮河〉。

　　可是，編一本選集，還應該存有一種展陳示範的理念，我希望鼓勵和引導年青人閱讀高質素的散文，所以特意編選不同手法、取材、立意、描寫對象和難點。可以說，由題材內容到形式技巧，各具姿容。既因為刻意展示不同的手法、語言和描寫對象，因此希望讀者閱讀過程中，既看到藝術

手法，原來可以豐富多元，又不要忘了比讀參照，好像同是寫人物，印象深刻的可以寫，例如豐子愷寫爸爸；印象模糊的也可以，如史鐵生寫二姥姥。直接的正面塑造，是一種寫法，黃仁逵的〈粥王〉是很好的例子，但也可以運用曲筆反筆，諷刺誇張，幽默側寫，如莊裕安的〈野獸派丈母娘〉和梁實秋的〈謙讓〉。除了描寫人物，其他如風景地方、心緒情味，原理也是一樣。

為了引導讀者更準確掌握其中的精妙處，每篇作品皆後附數百字導賞。抱歉的是，由於照顧篇幅和版權等問題，因此選錄的文章，有些只是用節選的方法，未睹全豹。希望讀者在閱讀的同時，要懂得延展，擴闊研習的視野，描寫技巧，自會與日提升。

二〇〇九年十二月

於香港

槳聲燈影裏的秦淮河（節選）

朱自清

大中橋外，頓然空闊，和橋內兩岸排着密密的人家的大異了。一眼望去，疏疏的林，淡淡的月，襯着藍蔚的天，頗像荒江夜渡光景；那邊呢，鬱葱葱的，陰森森的，又似乎藏着無邊的黑暗：令人幾乎不信那是繁華的秦淮河了。但是河中眩暈着的燈光，縱橫着的畫舫，悠揚着的笛韻，夾着那吱吱的胡琴聲，終於使我們認識綠茵如陳酒的秦淮水了。此地白天裸露着的多些，故覺夜來的獨遲些；從清清的水影裏，我們感到的只是薄薄的夜——這正是秦淮河的夜。大中橋外，本來還有一座復成橋，是船夫口中的我們的遊蹤盡處，或也是秦淮河繁華的盡處了。我的腳曾踏過復成橋的脊，在十三四歲的時候。但是兩次遊秦淮河，卻都不曾見着復

14

成橋的面；明知總在前途的，卻常覺得有些虛無縹緲似的。
我想，不見倒也好。這時正是盛夏。我們下船後，藉着新生
的晚涼和河上的微風，暑氣已漸漸消散；到了此地，豁然開
朗，身子頓然輕了——習習的清風徐徐在身上，手上，衣
上，這便又感到一縷新涼了。南京的日光，大概沒有杭州猛
烈；西湖的夏夜老是熱蓬蓬的，水像沸着一般，秦淮河的水
卻盡是這樣冷冷地綠着。任你人影的憧憧，歌聲的擾擾，總像
隔着一層薄薄的綠紗面冪似的；它盡是這樣靜靜的，冷冷的綠
着。我們出了大中橋，走不上半里路，船夫便將船划到一旁，
停了槳由它宕着。他以為那裏正是繁華的極點，再過去就是荒
涼了；所以讓我們多多賞鑑一會兒。他自己卻靜靜的蹲着。他

是看慣這光景的了，大約只是一箇無可無不可。這無可無不可，無論是升的沉的，總之，都比我們高了。

那時河裏鬧熱極了；船大半泊着，小半在水上穿梭似的來往，停泊着的都在近市的那一邊，我們的船自然也夾在其中。因為這邊略略的擠，便覺得那邊十分的疏了。在每一隻船從那邊過去時，我們能畫出它的輕輕的影和曲曲的波，在我們的心上；這顯着是空，且顯着是靜了。那時處處都是歌聲和淒厲的胡琴聲，圓潤的喉嚨，確乎是很少的。但那生澀的，尖脆的調子能使人有少年的，粗率不拘的感覺，也正可快我們的意。況且多少隔開些兒聽着，因為想像與渴慕的做美，總覺更有滋味；而競發的喧囂，抑揚的不齊，遠近的雜沓，和樂器的嘈嘈叨叨，合成另一意味的諧音，也使我們無所適從，如隨着大風而走。這實在因為我們的心枯澀久了，變為脆弱；故偶然潤澤一下，便瘋狂似的不能自主了。但秦淮河確也膩人。即如船裏的人面，無論是和我們一堆兒泊着的，無論是從我們眼前過去的，總是模模糊糊的，甚至渺渺茫茫的；任你張圓了眼睛，揩淨了眥垢，也是枉然，這真夠人想呢。在我們停泊的地方，燈光原是紛然的；不過這些燈光都是黃而有暈的，黃已經不能明了，再加上了暈，便更不

成了。燈愈多，暈就愈甚；在繁星般的黃的交錯裏，秦淮河彷彿籠上了一團光霧；光芒與霧氣騰騰的暈着，甚麼都只剩了輪廓了；所以人面的詳細的曲線，便消失於我們的眼底了。但燈光究竟奪不了那邊的月色；燈光是渾的，月色是清的。在渾沌的燈光裏，滲入一脈清輝，卻真是奇蹟！那晚月兒已瘦削了兩三分。她晚妝才罷；盈盈的上了柳梢頭。天是藍得可愛，彷彿一汪水似的；月兒便更出落得精神了。岸上原有三株二株的垂楊樹，淡淡的影子，在水裏搖曳着，它們那柔細的枝條浴着月光，就像一支支美人的臂膊，交互的纏着，挽着；又像是月兒披着的髮。而月兒偶然也從她們的交叉處偷偷窺看我們，大有姑娘怕羞的樣子。岸上另有幾株不知名的老樹，光光的立着；在月光裏照起來，卻又儼然是精神矍鑠的老人。遠處——快到天際線了，才有一兩片白雲，亮得現出異彩，像美麗的貝殼一般。白雲下便是黑黑的一帶輪廓；是一條隨意畫的不規則的曲線。這一段光景，和河中的風味大異了。但燈與月竟能並存着，交融着，使月成了纏綿的月，燈射着渺渺的靈輝；這正是天之所以厚秦淮河，也正是天之所以厚我們了。▌

朱自清的描寫文，香港學生不會陌生。中學課程經常選用他的文章，例如〈春〉、〈匆匆〉、〈綠〉、〈荷塘月色〉、〈背影〉和這篇〈槳聲燈影裏的秦淮河〉。在今日欣賞這些文章，生活感受和經歷，與學生都稍嫌遙遠，不過朱自清的描寫文寫得很好，是同學學習的好材料。

「五四」時期的作家中，我很喜歡朱自清，主要是因為他的文風溫婉沖淡，很有讀書人和知識分子的隱隱哀愁。欣賞這篇〈槳聲燈影裏的秦淮河〉，也可以從這方面切入。首先說說「秦淮河」，這是中國文化歷史上很著名的河流，古稱淮河，是南京城的第一大河。由魏晉南北朝開始，秦淮河一帶，是很多騷人墨客聚居的地方，明清之時，更是商賈士人雲集，而且遍設青樓妓館，詩人墨客也多流連，遂成為文化歷史感覺非常濃厚的名勝。

朱自清來到秦淮河，希望描寫出秦淮之美。他首先運用感官，我們教授創作，常提醒學生「張開感官」，這是描寫景物的基本技法。他說秦淮河「鬧熱極了」，這份

熱鬧怎樣描摹呢？於是他寫「船的擠和往來」、「歌聲和胡琴聲」、「黃而有暈的燈光」，熱鬧喧囂聲中，作者用「但燈光究竟奪不了那邊的月色」，就說出了喧鬧的感官感覺之外，尚有更吸引的月色，筆鋒一轉，就落到月色的描寫。

描寫月色，向來是朱自清的拿手好戲，用的也是很基本很傳統的方法和路數，就是多用感官氣氛來塑造描寫，和他其餘作品如〈綠〉、〈春〉和〈荷塘月色〉等文章並讀，更容易看出這種特點。

文中描寫的主要手法是多用聯想比擬。例如他先從一個廣闊角度寫大中橋外景色：「疏疏的林，淡淡的月，襯着藍蔚的天，頗像荒江夜渡光景」；整體的感覺之外，善用聯想，引導讀者感覺和進入景物的氣氛形象，更是朱自清擅長的描寫手法，例如寫垂楊和月色：「岸上原有三株二株的垂楊樹，淡淡的影子，在水裏搖曳着，它們那柔細的枝條浴着月光，就像一支支美人的臂膊，交互的纏着，挽着；又像是月兒披着的髮」。主要運用比擬手法，借輕柔的意象來引導喚發讀者想像，結合秦淮河這樣美麗恬靜的景色，十分恰當。

結合個人主觀感情來寫景，是朱自清描寫手法的特點。要附帶一提，朱自清散文的描寫文字有一個缺點，就是運用的比擬較流濫，在新文學時期問題不大，今天不經思考地運用，就容易變得狹窄和陳腔濫調，經常是仙女等人物的比擬，同學欣賞和學習之餘，也要分清和掌握。

郁達夫

還鄉記

（節選）

「已經是八點四十五分了。我在這裏躲藏也躲藏不過去
的，索性快點去買一張票來上車去罷！但是不行不行，兩邊
買票的人這樣的多，也許她是在內的，我還是上口頭的那近
大門的窗口去買罷！那裏買票的人正少得很呀！」

這樣的打定了主意，我就東探西望的走上那玻璃窗口，去
買了一張車票。伏倒了頭，氣喘吁吁的跑進了月台，我方曉得
剛才買的是一張二等票，想想我腳下的餘錢，又想想今晚在杭
州不得不付的膳宿費，我心裏忽而清了一清。經濟與戀愛是不
能兩立的，剛才那女學生的事情，也漸漸的被我忘了。

浙江雖是我的父母之邦，但是浙江的知識階級的腐敗，
一班教育家政治家對軍人的諂媚與對平民的壓制，以及小

政客的婢妾的行為，無厭的貪婪，平時想起就要使我作嘔。
所以我每次回浙江去，總抱了一腔羞嫌的情懷，障扇而過杭
州，不願在西子湖頭作半日的勾留。只有這一回，到了山窮
水盡，我委委頹頹的逃返家中，卻只好仍到我所嫌惡的故土
去求一個息壤！投林的倦鳥，返壑的衰狐，當沒有我這樣的
懊喪落膽的。啊啊！浪子的還家，只求老父慈兄，不責備我
就對了，哪裏還有批評故鄉，憎嫌故鄉的心思，我一想到這
一次的卑微的心境，竟又不覺泫泫的落下淚來了。

　　我孤伶仃的坐在車裏，看看外面月台上跑來跑去的旅
人，和穿黃色制服的挑夫，覺得模糊零亂，他們與我的中
間，有一道冰山隔住的樣子。一面看看車站附近各工廠的高

高的煙囪，又覺得我的頭上身邊，都被一層灰色的煙霧包圍在那裏。我深深的吸了一口氣，把車窗打開來看梅雨晴時的空際。天上雖還不能說是晴朗，但一斛晴雲，和幾道光線，卻在那裏安慰旅人說：

「雨是不會下了，晴不晴開來，卻看你們的運氣罷！」

不多一忽，火車慢慢兒的開了。北站附近的貧民窟，同墳墓似的江北人的船室，污泥的水潴，曬在坍敗的曬台上的女人的小衣，穢布，勞動者的破爛的衣衫等，一幅一幅的呈到我的眼前來，好像是老天故意把人生的疾苦，編成了這一部有系統的記錄，來安慰我的樣子。

啊啊，載人離別的你這怪獸！你不終不息的前進，不休不止的前進罷！你且把我的身體，搬到世界盡處去，搬入虛無之境去，一生一世，不要停止，盡是行行，行到世界萬物都化作青煙，你我的存在都變成烏有的時候，那我就感激你不盡了。

由現代的物質文明產生出來的貧苦之景，漸漸的被大自然掩蓋了下去，貧民窟過了，大都會附近之小鎮（Vorstadt）過了，路線的兩岸，只剩了平綠的田疇，美麗的別業，潔

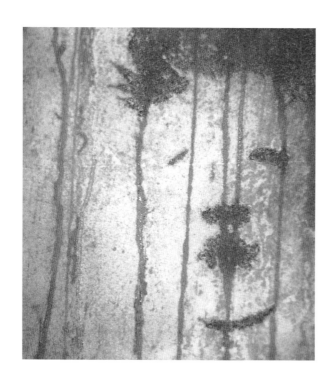

淨的野路，和壯健的農夫。在這調和的盛夏的野景中間，就是在路上行走的那一乘黃色人力車夫，也帶有些浪漫的色彩的。他好像是童話裏的人物，並不是因為衣食的原因，卻是為了自家的快樂，拉了車在那裏行走的樣子。若要在這大自然的微笑中間，指出一件令人不快的事物來，那就是野草中間橫躺着的墳冢了。窮人的享樂，只有陶醉在大自然懷裏的一剎那。在這一剎那中間，他能把現實的痛苦，忘記得乾乾淨淨，與悠久的天空，廣漠的大地，化而為一。這是何等的殘虐，何等的惡毒呢！當這樣的地方，這樣的時候，把人生的運命，赤裸裸的指給他看！

我是主張把中國的墳冢，把野外的枯骨，都掘起來付之一炬，或投入汪洋的大海裏去的。▎

一般人還鄉，總是帶着歡欣或期望，心情興奮，因此如化為文字，每多是寫這種久別重逢，或者是故鄉景物人事變遷之快之大。賀知章的「少小離家老大回，鄉音無改鬢毛衰，兒童相見不相識，笑問客從何處來」，就是最有代表性的作品之一。

郁達夫描寫還鄉的感覺卻不一樣。這種不同的回鄉心情，就令他筆下描寫的人情事理，都迥異於一般的還鄉文字。首先他對故鄉浙江的「知識分子的腐敗」和教育家政治家的諂媚，非常嫌惡，竟然說是「每次回浙江去，總抱了一腔羞嫌的情懷」；「只有這一回，到了山窮水盡，我委委頹頹的逃返家中」。既然是「山窮水盡」，逼不得已「委委頹頹」地回鄉，那還有何可寫，有何值得寫？偏偏就是在這種厭惡和不安之中，郁達夫運用了描寫的筆墨，把內心情感和眼前景物結合得自然巧妙。

和他的小說或其他作品一樣，郁達夫的文學創作，許多時是為了揭示自己內心的情感和處境，特別是潛藏心底，帶有愧疚羞慚的情感。郁達夫這次回鄉，說是「委

委頹頹的逃返家中」，先寫不喜歡故鄉，但此時卻只能說「浪子的還家，只求老父慈兄，不責備我就對了，哪裏還有批評故鄉，憎嫌故鄉的心思」。本來秉着知識分子的優越感，他對回鄉一直視為煩惡之事，這與唐詩中，宋之問的〈渡漢江〉中說「嶺外音書斷，經冬復歷春。近鄉情更怯，不敢問來人」完全不同。郁達夫的「怯」，不是因為久別而有的陌生和疏離，而是對自己落拓的羞愧，經過這樣的轉折，把回鄉的矛盾心情翻深了一層。

因為要表達這種心緒和喜惡之情，所以作者選取描寫的人事景物是下過心思的，毀譽的筆墨也明顯透着個人的感情。坐在車裏，怎樣描寫所見的人事景物，才可有助文旨的發揮？他選擇了利用大自然的美麗安寧，反襯出現代物質文明的醜惡；作為知識分子，他嫌惡這身份，他覺得自己和「黃色制服的挑夫」有很遠的距離，所以在他們中間，「有一道冰山隔住的樣子」；另一方面，他對勞動者的快樂，表現欣賞和羨慕之情。在一片欣賞歡樂的景色中，作者特意強調那一分對窮人的欺壓：「若要在這大自然的微笑中間，指出一件令人不快的事物來，那就是野草中間橫躺着的墳冢了。」

文章的後半部，用了許多筆墨寫窗外的景物，借景物反映自己的喜樂憎惡。以景寫情，郁達夫這篇文章是很好的學習材料。

秋天的況味

林語堂

　　秋天的黃昏，一人獨坐在沙發上抽煙，看煙頭白灰之下露出紅光，微微透露出暖氣，心頭的情緒便跟着那藍煙繚繞而上，一樣的輕鬆，一樣的自由。不轉眼，繚煙變成縷縷細絲，慢慢不見了，而那霎時，心上的情緒也跟着消沉於大千世界，所以也不講那時的情緒，只講那時的情緒的況味。待要再劃一根洋火，再點起那已點過三四次的雪茄，卻因白灰已積得太多而點不着，乃輕輕的一彈，煙灰靜悄悄地落在銅爐上，其靜寂如同我此時用毛筆寫在紙上一樣，一點的聲息也沒有。於是再點起來，一口一口的吞雲吐霧，香氣撲鼻，宛如偎紅倚翠溫香在抱情調，於是想到煙，想到這煙一股溫煦的熱氣，想到室中繚繞暗淡的煙霞，想到秋天的意味。這

30

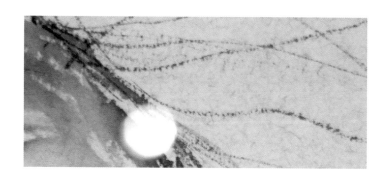

時才憶起，向來詩文上秋的含義，並不是這樣的，使人聯想的是蕭殺，是淒涼，是秋扇，是紅葉，是荒林，是萋草。然而秋確有另一意味，沒有春天的陽氣勃勃，也沒有夏天炎烈迫人，也不像冬天之全入於枯槁凋零。我所愛的是秋林古氣磅礡氣象。有人以老氣橫秋罵人，可見是不懂得秋林古色之滋味。在四時中，我於秋是有偏愛的，所以不妨說說。秋是代表成熟，對於春天之明媚驕艷，夏日的茂密濃深，都是過來人，不足為奇了。所以其色淡，葉多黃，有古色蒼蘢之概，不單以蔥翠爭榮了。這是我所謂秋天的意味。大概我所愛的不是晚秋，是初秋，那時喧氣初消，月正圓，蟹正肥，桂花皎潔，也未陷入凜烈蕭瑟氣態，這是最值得賞樂的，

那時的溫和，如我煙上的紅灰，只是一股熏熟的溫香罷了。或如文人已排脫下筆驚人的格調，而漸趨純熟練達，宏毅堅實，其文讀來有深長意味。這就是莊子所謂「正得秋而萬寶成」結實的意義。在人生上最享樂的就是這一類的事。比如酒以醇以老為佳，煙也有和烈之辨，雪茄之佳者，遠勝於香煙，因其意味較和。倘是燒得得法，慢慢地吸完一支，看那紅光炙發，有無窮的意味。鴉片吾不知，然看見人在煙燈上燒，聽那微微嘩剎的聲音，也覺得有一種詩意。大概凡是古老、純熟、熏黃、熟練的事物，都使我得到同樣的愉快。如一隻熏黑的陶鍋在烘爐上用慢火炖豬肉時所發出的鍋中徐吟的聲調，使我感到同看人燒大煙一樣的興味。或如一本用過二十年而尚未破爛的字典，或是一張用了半世的書桌，或如看見街上一塊熏黑了老氣橫秋的招牌，或是看見書法大家蒼勁雄渾的筆跡，都令人有相同的快樂。人生世上如歲月之有四時，必須要經過這純熟時期，如女人發育健全遭遇安順的，亦必有一時徐娘半老的風韻，為二八佳人所不及者。使我最佩服的是鄧肯的佳句：「世人只會吟咏春天與戀愛，真無道理。須知秋天的景色，更華麗，更恢奇，而秋天的快樂

有萬倍的雄壯、驚奇、都麗。我真可憐那些婦女識見偏狹，使她們錯過愛之秋天的宏大的贈賜。」若鄧肯者，可謂識趣之人。▊

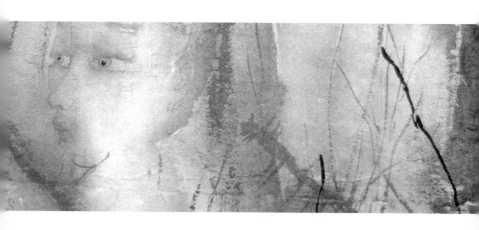

作品賞析・學習重點

題目是秋天的況味，所以作者着重描寫的不是景色，也不是心情，而是作者自己說的「只講那時的情緒的況味」。

文章一開始：「秋天的黃昏，一人獨坐在沙發上抽煙」。文章的時間空間點明了，最重要的是作者抒發的「秋天況味」，就是在此情境下生起的。作者用有層次而又細緻的筆觸，慢慢道來，為這種情致作鋪墊和醞釀。由「煙灰靜悄悄地落在銅爐上」開始，想到「一股溫煦的熱氣」和「室中繚繞暗淡的煙霞」，在這種氣氛和情緒中，作者想到「秋天的意味」。有了這些鋪墊，讀者當然感到作者筆下的「秋天況味」，再由這種況味而表達個人的生命觀，另有一番滋味。

作者寫秋天，沒有刻意描寫代表秋天的景物。劉禹錫有詩句：「晴空一鶴排雲上，便惹詩情到碧霄」，林語堂卻用了不同的方法。既與其他季節比較，也憑個人的直觀。他在《八十自敘》文中說過：

我愛春天，但是太年輕。我愛夏天，但是太氣傲。所以我最愛秋天，因為秋天的葉子的顏色金黃、成熟、豐

富，但是略帶憂傷與死亡的預兆。

作者寫抽煙，寫灰，寫煙，由此「想到秋天的意味」。寫景，不一定是為了景物本身，而是借景物以抒情表意，所以秋天的景物在本文不重要，由此而生起的情味才最重要，同學閱讀欣賞時，不要錯過。

描寫，不一定是只能抓着事物細緻刻劃，也可以利用環境氣氛，將自己的情緒意味，通過對比、比附等手法，令秋天予人的感覺情味具體表現出來。過去中國語文科的初中課程，選用了易君左的〈可愛的詩境〉，也是歌頌秋天，但運用了很多「郭外的山光、郊外的村莊、遍野的牛羊」之類的意象和秋天事物，與這一篇的寫法很不相同，給讀者的感覺也不相同。

文中還運用了很多修辭手法。例如善用疊字：「縷煙變成縷縷細絲」、「煙灰靜悄悄地落在銅爐上」；善用排比句：「使人聯想的是蕭殺，是淒涼，是秋扇，是紅葉，是荒林，是菱草」；反復，以「想到」開頭，連續數句：「想到煙，想到這煙一般溫煦的熱氣，想到室中縹繞暗淡的煙霞，想到秋天的意味」。多了這些修辭手法的運用，除了流麗華美，也令文章更生動多姿。

苦雨（節選）

伏園兄：

北京近日多雨，你在長安道上不知也遇到否，想必能增你旅行的許多佳趣。雨中旅行不一定是很愉快的，我以前在杭滬車上時常遇雨，每感困難，所以我於火車的雨不能感到甚麼興味，但臥在烏篷船裏，靜聽打篷的雨聲，加上欸乃的櫓聲以及「靠塘來，靠下去」的呼聲，卻是一種夢似的詩境。倘若更大膽一點，仰臥在腳划小船內，冒雨夜行，更顯出水鄉住民的風趣，雖然較為危險，一不小心，拙劣地轉一個身，便要使船底朝天。二十多年前往東浦弔先父的保姆之喪，歸途遇暴風雨，一葉扁舟在白鵝似的波浪中間滾過大樹港，危險極也愉快極了。

…………

前天十足下了一夜的雨，使我夜裏不知醒了幾遍。北京除了偶然有人高興放幾個爆仗以外，夜裏總還安靜，那樣嘩喇嘩喇的雨聲在我的耳朵已經不很聽慣，所以時常被它驚醒，就是睡着也彷彿覺得耳邊黏着麵條似的東西，睡的很不痛快。還有一層，前天晚間據小孩們報告，前面院子裏的積水已經離台階不及一寸，夜裏聽着雨聲，心裏糊里糊塗地總是想水已上了台階，浸入西邊的書房裏了。好容易到了早上五點鐘，赤腳撐傘，跑到西屋一看，果然不出所料，水浸滿了全屋，約有一寸深淺，這才歎了一口氣，覺得放心了；倘若這樣興高采烈地跑去，一看卻沒有水，恐怕那時反覺得失

望，沒有現在那樣的滿足也說不定，幸而書籍都沒有濕，雖然是沒有甚麼價值的東西，但是濕成一餅一餅的紙糕，也很是不愉快。現今水雖已退，還留下一種漲過大水後的普通的臭味，固然不能留客坐談，就是自己也不能在那裏寫字，所以這封信是在裏邊炕桌上寫的。

這回的大雨，只有兩種人最是喜歡。第一是小孩們。他們喜歡水，卻極不容易得到，現在看見院子裏成了河，便成群結隊地去「淌河」去。赤了足伸到水裏去，實在很有點冷，但他們不怕，下到水裏還不肯上來。大人見小孩們玩的

有趣，也一個兩個地加入，但是成績卻不甚佳，那一天裏滑倒了三個人，其中兩個都是大人——其一為我的兄弟，其一是川島君。第二種喜歡下雨的則為蝦蟆。從前同小孩們往高亮橋去釣魚釣不着，只捉了好些蝦蟆，有綠的，有花條的，拿回來都放在院子裏，平常偶叫幾聲，在這幾天裏便整日叫喚，或者是荒年之兆，卻極有田村的風味。有許多耳朵皮嫩的人，很惡喧囂，如麻雀蝦蟆或蟬的叫聲，凡足以妨礙他們的甜睡者，無一不痛惡而深絕之，大有欲滅此而午睡之意。我覺得大可以不必如此，隨便聽聽都是很有趣味的，不但是這些久成詩料的東西，一切鳴聲其實都可以聽。▌

作品賞析・學習重點

這是作者寫給好朋友孫伏園的信，表面上詢問朋友路上可有遇雨，實際是自己抒發對遇雨的種種回憶和感受，以及住在北京，眼前遇雨的情況。至於朋友孫伏園遇雨與否，感受如何，並不重要，只是作者借題發揮之憑藉而已。閱讀時，同學先要掌握這一點。

節選文字的前部分，集中寫作者對遇雨的種種回憶。由朋友途中遇雨，寫到自己對雨中旅行，有着不同的回憶，有歡喜的，也有不愉快的。例如在火車上無甚興味，臥在烏篷船裏或大海中翻滾則不同，這是很深刻的記憶，二十多年後，作者也難以遺忘。

節選文字的後半部分則是自述住在北京，這幾天遇雨的情況。作者的心理是獨特的，害怕水浸，但到了發覺水浸，又覺得放心了。為甚麼會這樣矛盾呢？是因為作者把個人情感和雨相結合，而不是只就日常起居生活的角度來描寫。否則，他只會對吵人入睡和弄濕台階的夜雨討厭，不會產生愜意的感覺。這是此文描寫獨特之處，也因為有了此種獨特，所以和一般描寫雨景的文字不同。回憶在大浪驚濤中遇到暴風雨，本來有性命危險，

作者的感覺卻是「危險極也愉快極了」。至如「臥在烏篷船裏」聽雨，是一種「夢似的詩境」，而在杭滬車上遇雨則不感甚麼興味。可見，作者其實寫景無心，「興味」二字，才是全文寫雨的重點所在，抓住了，就知道作者描寫技巧落腳在何處。

也因為有了獨特的感受方向，作者看到大雨令人或其他動物喜歡的原因。小孩因為雨水令院子成了河，便無端有了「淌河」的嬉玩，甚至大人見他們玩得有趣，也加入了。周作人寫「苦雨」，寫的卻是成年人和孩子一起嬉玩的場面，而且還不無調侃地說他們：「但是成績卻不甚佳，那一天裏滑倒了三個人，其中兩個都是大人」，可見「苦雨」其實不「苦」。除了人，蝦蟆也在這雨中「整日叫喚」，在作者心中，卻存着欣賞：「隨便聽聽都是很有趣味的」。

蘇軾詞作〈定風波‧莫聽穿林打葉聲〉，寫自己遇雨卻處之泰然，借以表達豁達隨緣的生活態度：「一蓑煙雨任平生」、「回首向來蕭瑟處，歸去，也無風雨也無晴」，是另一種角度的雨中感受，周作人此文以「苦雨」為題，同樣不是以「苦」下筆，反而誠實真摯地描寫抒發了在北京遇雨的感受情懷。

常德（節選）

沈從文

到常德後一時甚麼事也不能作，只住在每天連伙食共需三毛六分錢的小客棧裏打發日子。因此最多的去處還依然同上年在辰州軍隊裏一樣，一條河街佔去了我大部分生活。辰州河街不過幾家作船上人買賣的小茶館，同幾家與船上人作交易的雜貨舖，常德的河街可不同多了。這是一條長約兩里的河街，有客棧，有花紗行，有油行，有賣船上鐵錨鐵鏈的大舖子，有稅局，有各種會館與行莊。這河街既那麼長又那麼複雜，長年且因為被城中人擔水把地面弄得透濕的，我每天來回走個一回兩回，又在任何一處隨意蹲下欣賞當時那些眼前發生的新事，以及照例存在的一切，日子很快的也就又夜下來了。

　　那河街既那麼長，我最中意的是名為麻陽街的一段。那裏一面是城牆，一面是臨河而起的一排陋隘偏窄的小屋。有煙館同麵館，有賣繩纜的舖子，有雜貨字號。有屠戶，有鑄鐵錨與琢硬木活車以及販賣小船上應用器具的小舖子。又有小小理髮館，走路的人從街上過身時，總常常可見到一些大而圓的腦袋，帶了三分呆氣在那裏讓剃頭師傅用刀刮臉，或偏了頭擱在一條大腿上，在那裏向陽取耳。有幾家專門供船上划船人開心的妓院，常常可以見到三五個大腳女人，身穿藍色印花洋布衣服，紅花洋布褲子，粉臉油頭，鼻樑根扯得通紅，坐在門前長凳上剝朝陽花子，見有人過路時就眯笑眯笑，且輕輕的用麻陽人腔調唱歌。這一條街上齷齪不過，

一年總是濕漉漉的不好走路，且一年四季總不免有種古怪氣味。河中還泊滿了住家的小船，以及從辰河上游洪江一帶裝運桐油牛皮的大船。上游某一幫船隻攏岸時，這河街上各處都是水手。只看到這些水手手裏提了乾魚，或扛了大南瓜，到處走動，各人皆忙匆匆的把從上游本鄉帶來的禮物送給親戚朋友。這街上又有些從河街小屋子裏與河船上長大的小孩子，大白天三三五五捧了紅冠公雞，身前身後跟了一隻肥狗，街頭街尾各處找尋別的公雞打架。一見了甚麼人家的公雞時，就把懷裏的雞遠遠拋去，各佔據着那堆積在城牆腳下的木料下觀戰。自己公雞戰敗時，就走攏去踢別人的公雞一腳出氣。或者因點別的甚麼事，同伙兩人互罵了一句娘，看看誰也不能輸那一口氣，就在街中很勇敢的揪打起來，纏成一團揉到爛泥裏去。

那街上賣糕的必敲竹梆，賣糖的必打小銅鑼，這些人在引起別人注意方法上，皆知道在過街時口中唱出一種放蕩的調子，同女人身體某一些部分相關。街上又常常有婦女坐在門前矮凳上大哭亂罵，或者用一把菜刀，在一塊木板上一面砍一面罵那把雞偷去宰吃了的人。那街上且常常可以看到穿

了青羽緞馬褂，新漿洗過藍布長衫的船老闆，帶了很多禮物來送熟人。街頭中又常常有唱木頭人戲的，當街靠城架了場面，在一種奇妙處置下「當當當當蓬蓬當」的響起鑼鼓來，許多人便張大了嘴看那個傀儡戲，到收錢時卻一哄而散。

那街上有個茶館，一面臨街，一面臨河，旁邊甬道下去就是河碼頭，從各上船上岸的人多從這甬道上下，因此來去的人也極多。船上到夜來各處全是燈，河中心有許多小船各處搖去，弄船人拖出長長的聲音賣燒酒同豬蹄子粉條。我想像那個粉條一定不壞，很願意有一個機會到那小船上去吃點甚麼，喝點甚麼，但當然辦不到。

我到這街上來來去去，看這些人如何生活，如何快樂又如何憂愁，我也就彷彿同樣得到了一點生活意義。▌

作品賞析・學習重點

「常德」是《從文自傳》書中的一個小章節，寫作者沈從文本想到北京，卻到了常德。「五四」作家中，沈從文一直以文字質樸自然，不重雕飾卻富人文情思為人所知，這篇文章也是一樣。在作者筆下，常德是一個平凡而充滿小市民生活氣息的小鎮，樸實描寫，活現老百姓尋常生活的圖像。

這份平凡和小市民氣息何來，當然就是作者筆下描寫的文字和捕捉的人事景物。作者集中寫常德的河街，他首先總論式地說：「一條河街佔去了我大部分生活」，然後通過和辰州的河街比較，強調常德河街的獨特景致，用的先是俯覽式的總述：「這是一條長約兩里的河街，有客棧，有花紗行……」總述之後，再選取焦點，集中描寫對自己最重要的一段麻陽街：「我最中意的是名為麻陽街的一段。那裏一面是城牆，一面是臨河而起的一排陋隘偏窄的小屋。」焦點調較好，再集中在各式貨舖小店的描述。

描寫的過程中，作者像在調動運用不同的鏡頭，有遠鏡頭的總述，也有近鏡的捕捉，例如臨河而起的店子中，

作者選了小小的理髮館，細緻地寫：「總常常可見到一些大而圓的腦袋，帶了三分呆氣在那裏讓剃頭師傅用刀刮臉，或偏了頭擱在一條大腿上，在那裏向陽取耳。」生活片段捕捉得準確而有表現力，在這平實淡淡的描寫中，常德人的閒淡生活和整個市鎮寧靜的生活氣息，就具體地呈現讀者面前。

沈從文進一步描寫常德的生活氣息，繼續描寫了不同人等的生活光影，人等不同，卻都只是尋常百姓的尋常生活，當中有妓女、上游洪江一帶來的水手、小孩子、唱木頭人戲的和賣糕賣糖，敲着竹梆銅鑼的小販；百姓忙於串門子，這些人又會玩着鬥雞的玩意，遇有爭執不服輸，有些因小事對罵，甚至會揪打起來。總之，作者花許多筆墨，描寫的是平民百姓的生活，雖然嘈雜囂鬧，卻都是市井百姓的真實日常生活，也從而表現出常德小鎮的平靜，生活的真實反而令作者更感到生活的意義，所以他說：「我到這街上來來去去，看這些人如何生活，如何快樂又如何憂愁，我也就彷彿同樣得到了一點生活意義。」

表現一個平凡小鎮的人民和他們的生活，正是這些瑣碎的細節，讓我們具體感受到作者筆下的小鎮風情。

憶兒時（節選）

豐子愷

　　第二件不能忘卻的事，是父親的中秋賞月，而賞月之樂的中心，在於吃蟹。

　　我的父親中了舉人之後，科舉就廢，他無事在家，每天吃酒，看書。他不要吃羊、牛、豬肉，而喜歡吃魚、蝦之類。而對於蟹，尤其喜歡。自七八月起直到冬天，父親平日的晚酌規定吃一隻蟹，一碗隔壁豆腐店買來的開鍋熱豆腐乾。他的晚酌，時間總在黃昏。八仙桌上一盞洋油燈，一把紫砂酒壺，一隻盛熱豆腐乾的碎磁蓋碗，一把水煙筒，一本書，桌子角上一隻端坐的老貓，我腦中這印象非常深刻，到現在還可以清楚地浮現出來。我在旁邊看，有時他給我一隻蟹腳或半塊豆腐乾。然我喜歡蟹腳。蟹的味道真好，我們五

個姊妹兄弟，都喜歡吃，也是為了父親喜歡吃的緣故。只有母親與我們相反，喜歡吃肉，而不喜歡又不會吃蟹，吃的時候常常被蟹螯上刺刺開手指，出血；而且抉剔得很不乾淨，父親常常說她是外行。父親說：吃蟹是風雅的事，吃法也要內行才懂得。先折蟹腳，後開蟹斗……腳上的拳頭（即關節）裏的肉怎樣可以吃乾淨，臍裏的肉怎樣可以剔出……腳爪可以當作剔肉的針……蟹整上的骨頭可以拼成一隻很好看的蝴蝶……父親吃蟹真是內行，吃得非常乾淨。所以陳媽媽說：「老爺吃下來的蟹殼，真是蟹殼。」

　　蟹的儲藏所，就在天井角落裏的缸裏，經常總養着十來隻。到了七夕、七月半、中秋、重陽等節候上，缸裏的蟹

就滿了，那時我們都有得吃，而且每人得吃一大隻，或一隻半。尤其是中秋一天，興致更濃。在深黃昏，移桌子到隔壁的白場上的月光下面去吃。更深人靜，明月底下只有我們一家的人，恰好圍成一桌，此外只有一個供差使的紅英坐在旁邊。大家談笑，看月亮，他們——父親和諸姊——直到月落時光，我則半途睡去，與父親和諸姊不分而散。

這原是為了父親嗜蟹，以吃蟹為中心而舉行的。故這種夜宴，不僅限於中秋，有蟹的節季裏的月夜，無端也要舉行數次。不過不是良辰佳節，我們少吃一點，有時兩人分吃一隻。我們都學父親，剝得很精細，剝出來的肉不是立刻吃的，都積受在蟹斗裏，剝完之後，放一點薑醋，拌一拌，就作為下飯的菜，此外沒有別的菜了。因為父親吃菜是很省的，而且他說蟹是至味，吃蟹時混吃別的菜餚，是乏味的。我們也學他，半蟹斗的蟹肉，過兩碗飯還有餘，就可得父親的稱讚，又可以白口吃下餘多的蟹肉，所以大家都勉勵節省。現在回想那時候，半條蟹腿肉要過兩大口飯，這滋味真好！自父親死了以後，我不曾再嚐這種好滋味。現在，我已經自己做父親，況且已經茹素，當然永遠不會再嚐這滋味

了。唉！兒時歡樂，何等使我神往！

　　然而這一劇的題材，仍是生靈的殺虐！因此這回憶一面使我永遠神往，一面又使我永遠懺悔。▌

作品賞析・學習重點

這篇文章記述了作者「不能忘卻」的三件童年往事。節選的部分是第二件往事：父親中秋賞月、吃蟹，篇幅不多，但具體深刻表現出父親對兒女的疼愛和作者兒時家庭生活溫暖，暗暗呼應着題目的「憶」。

豐子愷是中國漫畫家的鼻祖，至於他的文字，一向以樸素自然，卻情味悠遠為特色。這裏節選的部分充分表現了這種特色，由寫父親到吃蟹，再寫到一家人共聚的歡樂和諧，文章吸引人的地方在天倫氣氛的刻劃和營造。描寫的筆墨，有時並不需要濃抹勁染，疏疏淡淡的筆法，更加顯得搖曳生姿。

作者集中寫的是父親。父親是讀書人，過着賦閒在家的生活，隱士式的形象，在和妻子兒女月夜吃蟹的家庭活動中，表現很生動具體。豐子愷刻意寫出活動中的寧靜和諧，把父親吃蟹的過程寫得詳盡，表達他吃得怎樣內行，怎樣乾淨。「先折蟹腳，後開蟹斗……腳上的拳頭（即關節）裏的肉怎樣可以吃乾淨，臍裏的肉怎樣可以剔出……腳爪可以當作剔肉的針……蟹整上的骨頭可以拼成一隻很好看的蝴蝶」。與其說是寫父親怎樣吃蟹，

不如更準確說是描寫吃蟹的父親。吃蟹的細緻明淨，顯出父親的高雅和恬淡；加上晚酌安排的描寫：「時間總在黃昏。八仙桌上一盞洋油燈，一把紫砂酒壺，一隻盛熱豆腐乾的碎磁蓋碗，一把水煙筒，一本書，桌子角上一隻端坐的老貓」，父親的生活，對自己五兄弟姊妹的疼愛，是兒時生活的最重要部分。「憶兒時」，作者所「憶」，更重要是落在溫柔安穩的月色下，父親的愛和一家人親子倫常的快樂。

文章在最後寫「自父親死了以後，我不曾再嚐這種好滋味」，餘音不盡，令人難忘的是父親和兒時家人相聚的無比快樂，吃蟹只是虛晃。「好滋味」，當然不只是口腹之慾。描寫時，有時氣氛和環境比活動本身更重要，相聚吃蟹只是一件日常生活慣事，寫得動人，是因為氣氛和環境寫得動人。「大家談笑，看月亮，他們——父親和諸姊——直到月落時光，我則半途睡去，與父親和諸姊不分而散」。就像一幅月夜靜景的圖畫，深深感動了讀者。

謙讓

　　謙讓彷彿是一種美德，若想在眼前的實際生活裏尋一個具體的例證，卻不容易。類似謙讓的事情近來似很難得發生一次。就我個人的經驗說，在一般宴會裏，客人入席之際，我們最容易看見類似謙讓的事情。

　　一群客人擠在客廳裏，誰也不肯先坐，誰也不肯坐首座，好像「常常登上座，漸漸入祠堂」的道理是人人所不能忘的。於是你推我讓，人聲鼎沸。輩份小的，官職低的，垂着手遠遠的立在屋角，聽候調遣。自以為有佔首座或次座資格的人，無不攘臂而前，拉拉扯扯，不肯放過他們表現謙讓的美德的機會。有的說：「我們敘齒，你年長！」有的說：「我常來，你是稀客！」有的說：「今天非你上座不可！」

事實固然是為讓座，但是當時的聲浪和唾沫星子卻都表示像在爭座。主人覷着一張笑臉，偶然插一兩句嘴，作鸞鸞笑。這場紛擾，要直到大家的興致均已低落，該說的話差不多都已說完，然後急轉直下，突然平息，本就該坐上座的人便去就了上座，並無苦惱之象，而往往是顯着躊躇滿志顧盼自雄的樣子。

我每次遇到這樣謙讓的場合，便首先想起《聊齋》上的一個故事：一夥人在熱烈的讓座，有一位扯着另一位的袖子，硬往上拉，被拉的人硬往後躲，雙方勢均力敵，突然間拉着袖子的手一鬆，被拉的那隻胳臂猛然向後一縮，胳臂肘尖正撞在後面站着的一位駝背朋友的兩隻特別凸出的大門牙

上，喀吱一聲，雙牙落地！我每憶起這個樂極生悲的故事，為明哲保身起見，在讓座時我總躲得遠遠的。等風波過後，剩下的位置是我的，首座也可以，坐上去並不頭暈，末座亦無妨，我也並不因此少吃一嘴。我不謙讓。

考讓座之風之所以如此地盛行，其故有二。第一，讓來讓去，每人總有一個位置，所以一面謙讓，一面穩有把握。假如主人宣佈，位置只有十二個，客人卻有十四位，那便沒有讓座之事了。第二，所讓者是個虛榮，本來無關宏旨，凡是半徑都是一般長，所以坐在任何位置（假如是圓桌）都可以享受同樣的利益。假如明文規定，凡坐過首席若干次者，在銓敘上特別有利，我想讓座的事情也就少了。我從不曾看見，在長途公共汽車車站售票的地方，如果沒有木製的長柵欄，而還能夠保留一點謙讓之風！因此我發現了一般人處世的一條道理，那便是：可以無需讓的時候，則無妨謙讓一番，於人無利，於己無損；在該讓的時候，則不謙讓，以免損己；在應該不讓的時候，則必定謙讓，於己有利，於人無損。

小時候讀到孔融讓梨的故事，覺得實在難能可貴，自

愧弗如。一隻梨的大小，雖然是微屑不足道，但對於一個四、五歲的孩子，其重要或者並不下於一個公務員之心理盤算簡、薦、委。有人猜想，孔融那幾天也許肚皮不好，怕吃生冷，樂得謙讓一番。我不敢這樣妄加揣測。不過我們要承認，利之所在，可以使人忘形，謙讓不是一件容易的事。孔融讓梨的故事，發揚光大起來，確有教育價值，可惜並未發生多少實際的效果：今之孔融，並不多見。

謙讓做為一種儀式，並不是壞事，像天主教會選任主教時所舉行的儀式就滿有趣。就職的主教照例的當眾謙遜三回，口說 "nolo episcopari" 意即「我不要當主教」，然後照例的敦促三回終於勉為其難了。我覺得這樣的儀式比宣誓就職之後再打通電聲明固辭不獲要好得多。謙讓的儀式行久了之後，也許對於人心有潛移默化之功，使人在爭權奪利奮不顧身之際，不知不覺的也舉行起謙讓的儀式。可惜我們人類的文明史尚短，潛移默化尚未能奏大效，露出原始人的猙獰面目的時候要比雍雍穆穆的舉行謙讓儀式的時候多些。我每次從公共汽車售票處殺進殺出，心裏就想先王以禮治天下，實在有理。█

作品賞析·學習重點

梁實秋是現代文學作家中的幽默大師，《雅舍小品》是青年學生的基本讀物。

這篇文章旨在諷刺世人謙讓之風的虛偽，用現代人喜歡的文章分類慣例，算不上是描寫文。文章最值得欣賞的兩方面，一是一針見血指出這些謙讓之風乃建基在利益不受損的情況下；另一則是對宴會時客人入席的謙讓嘴臉的描繪，其中描寫手法，值得重視和學習。

指出謙讓的虛偽性，是作者的識見判斷。文章以嬉笑怒罵的筆觸，既指出讓座這事情的本質，也加強了對這些虛偽行徑的諷刺和批判。就如作者說的：「假如明文規定，凡坐過首席若干次者，在銓敘上特別有利，我想讓座的事情也就少了。」這樣一點出，讓座的禮貌，就是門面工夫而已。

至於文章的描寫筆墨，主要是落在如何刻劃和呈現讓座行為的可笑。刻劃這些嘴臉，捕捉的角度首先要在細節。讓座的人說話如「我們敘齒，你年長」、「我常來，你是稀客」、「今天非你上座不可」，似乎都很熱

情很有道理，但本質上就是「讓來讓去，每人總有一個位置，所以一面謙讓，一面穩有把握」。明白這一點，謙讓情意的虛假，很容易可知；最妙的是作者下筆充滿幽默感，所以他說「事實固然是為讓座，但是當時的聲浪和唾沫星子卻都表示像在爭座」。由讓座而變為爭座，令讀的人會心微笑。為了強化誇張這些聲浪和喧鬧，梁實秋還引述了《聊齋志異》的故事，如何為了讓座，鬧得把人的門牙也打掉落地。出入古今中外的旁徵博引，又偏偏能舉重若輕，這就是梁實秋的散文特點，不容易學，卻值得欣賞。

要補充說明的是，謙讓是禮貌，應該肯定。所以作者在選文以外也說即使如儀式般進行，也能收潛移默化之功。選錄此文，希望讀者欣賞這種帶諷刺手法的描寫，梁實秋散文的其他特點，如旁徵博引、獨具識見和妙語如珠等，在此文也可以讀到。

公寓生活記趣（節選）

張愛玲

公寓是最合理想的逃世的地方。厭倦了大都會的人們往往記掛着和平幽靜的鄉村，心心念念盼望着有一天能夠告老歸田，養蜂種菜，享點清福。殊不知在鄉下多買半斤臘肉便要引起許多閒言閒語，而在公寓房子的最上層你就是站在窗前換衣服也不妨事！

然而一年一度，日常生活的秘密總得公佈一下。夏天家家戶戶都大敞着門，搬一把藤椅坐在風口裏。這邊的人在打電話，對過一家的僕歐一面熨衣裳，一面便將電話上的對白譯成了德文說給他的小主人聽。樓底下有個俄國人在那裏響亮地教日文。二樓的那位女太太和貝多芬有着不共戴天的仇恨，一拗十八敲，咬牙切齒打了他一上午；鋼琴上倚着一

輛腳踏車。不知道哪一家在煨牛肉湯，又有哪一家泡了焦三仙。

　　人類天生的是愛管閒事。為甚麼我們不向彼此的私生活裏偷偷地看一眼呢，既然被看者沒有多大損失而看的人顯然得到了片刻的愉悅？凡事牽涉到快樂的授受上，就犯不着斤斤計較了。較量些甚麼呢？——長的是磨難，短的是人生。

　　屋頂花園裏常常有孩子們溜冰，興致高的時候，從早到晚在我們頭上咕滋咕滋銼過來又銼過去，像磁器的摩擦，又像睡熟的人在那裏磨牙，聽得我們一粒粒牙齒在牙仁裏發酸如同青石榴的子，剔一剔便會掉下來。隔壁一個異國紳士聲勢洶洶上樓去干涉。他的太太提醒他道：「人家不懂你的

話，去也是白去。」他揎拳擄袖道：「不要緊，我會使他們懂得的！」隔了幾分鐘他偃旗息鼓嗒然下來了。上面的孩子年紀都不小了，而且是女性，而且是美麗的。

談到公德心，我們也不見得比人強。陽台上的灰塵我們直截了當地掃到樓下的陽台上去。「啊，人家欄杆上晾着地毯呢──怪不過意的，等他們把地毯收了進去再掃罷！」一念之慈，頂上生出了燦爛圓光。這就是我們的不甚徹底的道德觀念。▌

張愛玲是現代文學發展以來影響很大的小說作家，近數十年來，海峽三地都有不少小說家受到她小說寫法的影響。這篇文章寫於一九四三年，公寓是apartment，相對於小樓房別墅等獨立居所，也相對於鄉村茅舍竹籬，是人口密集的城市群居的顯徵。描寫公寓生活，自然就是在描寫城市人的生活了。

既是「公寓生活」，就不是只有自己一家，而是同層或樓上樓下，都有其他人家。張愛玲在文中，運用很多筆墨描寫人，例如公寓內開電梯和看門的巡警，也描寫到自己用傭人的感覺。這類文章其實並不好寫，再加上時代不同，距今六十多年，大家的感覺不一樣，出現的事物器具也不一樣，讀者絕不容易有共鳴。像這篇文章寫雜居在公寓的所見所聞所感，很多物事都不是現代香港讀者容易聯想和認識的。

不過，張愛玲是箇中高手，加上獨特視角準確語言，作品仍有很強的可讀性。文章稱「記趣」，是一種反筆，因為文中提到真是屬於「趣」的地方不多。她說「公寓是最合理想的逃世的地方」，隱隱暗示城市人生活的冷

漠，相鄰而不相問，各人有各人的私事和秘密。作者比較「告老歸田」和「公寓房子」的生活，說：「在鄉下多買半斤臘肉便要引起許多閒言閒語，而在公寓房子的最上層你就是站在窗前換衣服也不妨事！」一種說法，兩種理解，張愛玲性格孤獨，晚年深居簡出至悄靜死去，對公寓生活有獨特鍾愛，相當合理。今天重讀這篇文章，想到她最後在家中死了，也不為人發現，更生感慨。

回頭看此文，作者筆下的公寓生活，很多都牽涉到「快樂的授受」，於是就產生很多不同的瓜葛和糾纏，可是又都是些微不足道的生活瑣碎小事。張愛玲筆鋒幽默尖刻，將這種公寓生活的互為「滲透」寫得很有趣，例如她說「人類天生的是愛管閒事。為甚麼我們不向彼此的私生活裏偷偷地看一眼呢」；可是在「偷看」的同時，又要忍受彼此的干擾：「樓底下有個俄國人在那裏響亮地教日文，二樓的那位女太太和貝多芬有着不共戴天的仇恨……」，描寫的基礎是觀察，張愛玲天生對事物敏感，對世事人情像有一種冷淡漠然的獨特觀察，這篇文章雖不涉甚麼深刻沉重人生的大道理，但在描劃當時都市生活的人和事，均頗值得學習。

戈壁聽沙（節選）

韓少功

　　十六年前，一小群中學生曾經想瞞着父母去新疆參加軍墾——其中便有我。那次逃竄未遂的記憶被悠悠歲月洗刷模糊之後，直到去年，我才尋得一個機會西出邊關，見識戈壁。據說我去得不是時候，草原已枯萎，河流已乾涸，葡萄園已凋零，肅殺寒風把夢境中的繽紛五彩淘洗一盡，只留下一片清沙。沙丘，沙河，沙地，沙窟，舉目茫茫，大地乾淨。不管你甚麼時候在車上醒來，疲乏地探頭遠眺，看見的很可能仍是一片單調的灰黃，無邊無際又無聲無息。似乎車子跑了幾天卻仍留在原地。沙地上常見曲曲波紋，或緊密或空疏，層層如老人肌膚的皺褶；每一層當風的那一峰面，還稀稀薄薄地披一抹灰黑，似古老的沙漠生出了一層銹。這裏的時間

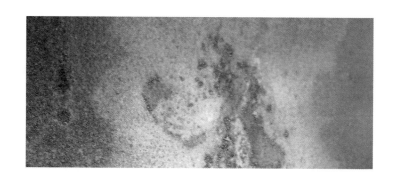

好像也銹住了，凝固了，不然那幾根猙獰白骨，何以歷久不腐？而那條通向遠方的寂寞小路，玄奘三藏是否剛剛扶杖引馬目光堅定地離去？

人們不喜歡沙。其實細想一下，葡萄和哈密瓜適宜在沙土裏生長，坎兒井這種特異的水利工程也是沙漠特產。因為多沙缺水，人們洗手靠銅壺吝惜地澆淋，髒水也被銅盞承接留備它用，這才有了精湛的銅品工藝。因為塵沙撲面，婦女們都習慣輕柔的頭巾和面紗──而且很可能基於同一原因，她們多有長長的睫毛，這才給戈壁添上了神秘的嫵媚。沙的嚴酷，使人們更為勤勉和勇敢，於是市場上有了豐富的羊奶、羊皮以及寒光閃閃的英吉沙匕首。沙的單調，使人們嚮往熱

烈。於是荒原上有更多的彩裙，冬卜拉和月下奔放的歌舞。
那林立的清真寺呢，那顯目的油綠色彩和新月圖案，也許
是對黃沙烈日的補充，而充滿着對自然和命運敬畏感的孤零
零的祈禱呼號，也許更易於出現在風暴裏和荒涼的沙海之中
吧。

我想，壯麗的西部文化是不是從我手中這一捧沙礫中流
出來的？

....

我在吐魯番的歷史文物館裏看到了一具木乃伊。這是一
位體態豐腴的少婦，長長的黑髮很美麗，乾癟下陷的腹部更
突出了骨盆的寬大，一身皮膚均為醬紫色，隆起的肌肉像蟑
螂殼子，使人感到裏面很空很輕，這又才覺出她已經死了。
她驚慌地擰着眉頭，目注長空，雙唇中填着一隻半捲着的大
舌頭，像咬住了一句剛要說出口的話。她要說甚麼呢？是要
說出這灰黃色歷史的秘密嗎？

我靜靜聽着，她終於沒有說，只有室外嗚嗚咽咽的風沙
聲。

那是戈壁在哭泣罷。是思念它孕育的東亞億萬子孫而哭

泣——戈壁灘如此乾枯，以致沒有淚水了，只有這嗚嗚咽咽的乾泣。▋

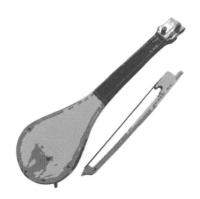

作品賞析・學習重點

這篇文章的題目下得很有吸引力。「聽沙」是通感。戈壁的沙，按理當然是黃沙浩瀚，一望無際，應該是「看」而不是「聽」。以此為題目，對讀者產生吸引力。

作者寫「戈壁」，主要仍是抓住色彩予人的感官強烈效果。黃沙浩瀚，「黃」的感覺強烈，這是沙漠中最主要的色彩和調子：「不管你甚麼時候在車上醒來，疲乏地探頭遠眺，看見的很可能仍是一片單調的灰黃，無邊無際又無聲無息。」作者抓住在沙漠景色的最主要的特徵：「單調的灰黃」，顏色之外，也是「無聲無息」的聽覺描寫。韓少功的描寫筆墨十分細緻，不只從顏色和聲音着筆，也從形態上提供想像的空間，令描寫的沙漠變得更具象可感：「沙地上常見曲曲波紋，或緊密或空疏，層層如老人肌膚的皺褶。」這樣的描寫既準確獨特，又將沙漠的單調乏味，借「老人肌膚的皺褶」，刺激和引導讀者的聯想，是文中很精彩的部分。

聯想，一直是這篇文章描寫的重要手法。描寫戈壁的神秘，作者也巧妙就所見所聞，予以聯想、予以補充。他

寫到自己在吐魯番博物館看到一具木乃伊，卻刻意把沉睡千年的屍體寫得很活：「她驚慌地撐着眉頭，目注長空，雙唇中填着一隻半捲着的大舌頭，像咬住了一句剛要說出口的話。」這裏，作者為神秘的戈壁，塗抹更多的神秘色彩，也於此滲入自己的情感，他問：「她要說甚麼呢？是要說出這灰黃色歷史的秘密嗎？」通過「活化」千年屍體，戈壁就變得更神秘，讀者的想像和參與空間更寬更大。

「聽沙」的巧妙在這裏露出端倪，借一具千年木乃伊，作者要「聽到」戈壁的神秘和千秋歷史，如果單從客觀的理解，當然只是徒勞，因為木乃伊甚麼也不會說。不過，會說話的人已經死去千年，只有戈壁的風沙在年年月月地吹着。「我靜靜聽着，她終於沒有說，只有室外嗚嗚咽咽的風沙聲」。這種由「單調的灰黃」慢慢過渡到「戈壁在哭泣」，文章有了不同的層次和角度，感官效果也豐富立體，更重要的是把戈壁的描寫，由色澤聲音，轉入歷史的感受和體味，描寫的效果大大加強。

史鐵生

二姥姥（節選）

　　這女人，我管她叫「二姥姥」。不知怎麼，我一直想寫寫她。

　　可是，真要寫了，才發現，關於二姥姥我其實知道的很少。她不過在我的童年中一閃而過。我甚至不知道她的名字，母親在世時我應該問過，但早已忘記。母親去世後，那個名字就永遠地熄滅了；那個名字之下的歷史，那個名字之下的願望，都已消散得無影無蹤，如同從不存在。我問過父親：「我叫二姥姥的那個人，叫甚麼名字？」父親想了又想，眼睛盯在半空，總好像馬上就要找到了，但終於還是沒有。我又問過舅舅，舅舅忘得同樣徹底。舅舅唯影影綽綽地聽人說過，她死於「文革」期間。舅舅驚訝地看着我：「你

還能記得她？」

　　這確實有些奇怪。我與她見面，總共也不會超過十次。我甚至記不得她跟我說過甚麼，記不得她的聲音。她是無聲的，黑白的，像一道影子。她穿一件素色旗袍，從幽暗中走出來，邁過一道斜陽，走近我，然後摸摸我的頭，理一理我的頭髮，纖細的手指在我的髮間穿插，輕輕地顫抖。僅此而已，其餘都已經模糊。直到現在，直到我真要寫她了，其實我還不清楚為甚麼要寫她，以及寫她的甚麼。

　　她不會記得我。我是說，如果她還活着，她肯定也早就把我的名字忘了。但她一定會記得我的母親。她還可能會記得，我的母親那時已經有了一個男孩。

母親帶我去看二姥姥，肯定都是我六歲以前的事，或者更早，因為上幼兒園之後我就再沒見過她。她很漂亮嗎？算不上很，但還是漂亮，舉止嫻靜，從頭到腳一塵不染。她住在北京的哪兒我也記不得了，印象裏是個簡陋的小院，簡陋但是清靜，甚麼地方有棵石榴樹，飄落着鮮紅的花瓣，她住在院子拐角處的一間小屋。唯近傍晚，陽光才艱難地轉進那間小屋，投下一道淺淡的斜陽。她就從那斜陽後面的幽暗中出來，迎着我們。母親於是說：「叫二姥姥，叫呀？」我叫：「二姥姥。」她便走到我跟前，摸摸我的頭。我看不到她的臉，但我知道她臉上是微笑，微笑後面是惶恐。那惶恐並不是因為我們的到來，從她手上冰涼而沉緩的顫抖中我明白，那惶恐是在更為深隱的地方，或是由於更為悠遠的領域。那種顫抖，精緻到不能用理智去分辨，唯憑孩子混沌的心可以洞察。

也許，就是這顫抖，讓我記住她。也許，關於她，我能夠寫的也只有這顫抖。這顫抖是一種訴說，如同一個寓言可以伸展進所有幽深的地方，出其不意地令人震撼。這顫抖是一種最為遼闊的聲音，譬如夜的流動，毫不停歇。這顫抖，

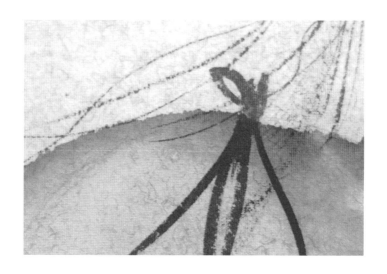

隨時間之流拓開着一個孩子混沌的心靈，連接起別人的故事，纏繞進豐富的歷史，漫漶成種種可能的命運。恐怕就是這樣。所以我記住她。未來，在很多令人顫抖的命運旁邊，她的影像總是出現，彷彿由眾多無聲的靈魂所凝聚，由所有被湮滅的心願所舉薦。於是那纖細的手指歷經滄桑總在我的髮間穿插、顫動，問我這世間的故事都是甚麼，故事裏面都有誰？▌

作品賞析·學習重點

描寫人物易做，卻很難做得好。易做，因為人物有形象、懂言語、有行為，可以沿着這些方面，描繪塑造。像唐小說杜光庭《虯髯客傳》描寫虯髯客：「中形，赤髯而虯，乘蹇驢而來。投革囊於爐前，取枕欹臥，看張梳頭。……客抽腰間匕首，切肉共食。食竟，餘肉亂切送驢前食之，甚速。……於是開革囊，取一人頭並心肝。卻頭囊中，以匕首切心肝，其食之。……言訖，乘驢而去，其行若飛，回顧已失。」人物的豪邁爽朗，通過外形和言行，很清楚表現出來，也是中國小說戲劇描寫人物形象最常用手法，不難掌握。

描寫人物，難工，在寫出人物的風神氣質，像上面引《虯髯客傳》的寫法，也如本書選用莊裕安的〈野獸派丈母娘〉，都是成功的例子。另一種困難則在當人物帶有神秘，或者根本對要描寫的人物並不熟悉。史鐵生這篇〈二姥姥〉的高明和值得欣賞之處，就在這裏。

作者說：「真要寫了，才發現，關於二姥姥我其實知道的很少。她不過在我的童年中一閃而過。我甚至不知道她的名字。」只有朦朧的印象，如何可以寫得具體和吸

引讀者，是欣賞這篇人物描寫文章的最重要角度。

怎樣描寫一個印象模糊的人？作者用的仍是「抓住特徵」這最重要方法。不過，這重要特徵，未必可以用細緻具體的刻劃來描繪，而是用印象、用感覺；或者通過身邊的人和想像補足。作者和二姥姥的接觸，只有童年時，母親帶他去探訪的印象。他說那肯定是六歲以前的事，作者這樣寫：「我甚至記不得她跟我說過甚麼，記不得她的聲音。她是無聲的，黑白的，像一道影子。她穿一件素色旗袍，從幽暗中走出來，邁過一道斜陽，走近我，然後摸摸我的頭，理一理我的頭髮，纖細的手指在我的髮間穿插，輕輕地顫抖。」這段文字是全文最重要的描寫部分，文中的二姥姥，形象都建立在這段文字。

作者抓住這種「幽暗」和「顫抖」，不但成為一直往後她對二姥姥的感覺和記憶，人物的孤獨寂寞、遭遇不幸、不容於其他人（她是姨太太），也在「幽暗」和「顫抖」中倍大而具體呈現。作者自己說：「就是這顫抖，讓我記住她。也許，關於她，我能夠寫的也只有這顫抖。」不過，作者就沿此繼續前推，為二姥姥的內心寂寞和惶恐，作聯想與伸展：「從她手上冰涼而沉緩的

顫抖中我明白，那惶恐是在更為深隱的地方」，通過聯
想和捕足，讀者才會對人物有感覺和印象。

作者雖然對要描寫的人物接觸不多，印象模糊，可是憑
着抓住幾個重要的感覺，就將人物描繪得十分深刻，而
且令讀者產生許多聯想和情感共鳴。

醜石

賈平凹

　　我常常遺憾我家門前的那塊醜石呢：它黑黝黝地臥在那裏，牛似的模樣；誰也不知道是甚麼時候留在這裏的，誰也不去理會它。只是麥收時節，門前攤了麥子，奶奶總是要說：這塊醜石，多礙地面嘞，多時把它搬走吧。

　　於是，伯父家蓋房，想以它壘山牆，但苦於它極不規則，沒棱角兒，也沒平面兒；用鑿破開吧，又懶得花那麼大氣力，因為河灘並不甚遠，隨便去揹一塊回來，哪一塊也比它強。房蓋起來，壓鋪台階，伯父也沒有看上它。有一年，來了一個石匠，為我家洗一台石磨，奶奶又說：用這塊醜石吧，省得從遠處搬動。石匠看了看，搖着頭，嫌它石質太細，也不採用。

80

　　它不像漢白玉那樣的細膩，可以鑿下刻字雕花，也不像大青石那樣的光滑，可以供來浣紗捶布；它靜靜地臥在那裏，院邊的槐蔭沒有庇覆它，花兒也不再在它身邊生長。荒草便繁衍出來，枝蔓上下，慢慢地，竟銹上了綠苔、黑斑。我們這些做孩子的，也討厭起它來，曾合夥要搬走它，但力氣又不足；雖時時咒罵它，嫌棄它，也無可奈何，只好任它留在那裏去了。

　　稍稍能安慰我們的，是在那石上有一個不大不小的坑凹兒，雨天就盛滿了水。常常雨過三天了，地上已經乾燥，那石凹裏水兒還有，雞兒便去那裏渴飲。每每到了十五的夜晚，我們盼着滿月出來，就爬到其上，翹望天邊；奶奶總是

要罵的，害怕我們摔下來。果然那一次就摔了下來，磕破了我的膝蓋呢。

人都罵它是醜石，它真是醜得不能再醜的醜石了。

終有一日，村子裏來了一個天文學家。他在我家門前路過，突然發現了這塊石頭，眼光立即就拉直了。他再沒有走去，就住了下來；以後又來了好些人，說這是一塊隕石，從天上落下來已經有二三百年了，是一件了不起的東西。不久便來了車，小心翼翼地將它運走了。

這使我們都很驚奇！這又怪又醜的石頭，原來是天上的呢！它補過天，在天上發過熱，閃過光，我們的先祖或許仰望過它，它給了他們光明、嚮往、憧憬；而它落下來了。在污土裏，荒草裏，一躺就是幾百年了？！

奶奶說：「真看不出！它那麼不一般，卻怎麼連牆也壘不成，台階也壘不成呢？」

「它是太醜了。」天文學家說。

「真的，是太醜了。」

「可這正是它的美！」天文學家說，「它是以醜為美的。」

「以醜為美？」

「是的，醜到極處，便是美到極處。正因為它不是一般的頑石，當然不能去做牆，做台階，不能去雕刻，捶布。它不是做這些小玩意兒的，所以常常就遭到一般世俗的譏諷。」

奶奶臉紅了，我也臉紅了。

我感到自己的可恥，也感到了醜石的偉大；我甚至怨恨它這麼多年竟會默默地忍受着這一切，而我又立即深深地感到它那種不屈於誤解、寂寞的生存的偉大。▌

描寫，可以用作借物抒情，也可以說理。賈平凹的〈醜石〉借一塊不為世所識的奇石，既說理，也抒情。

莊子〈逍遙遊〉寫過一棵樹：「其大本臃腫而不中繩墨，其小枝卷曲而不中規矩。立之塗，匠者不顧。」莊子的朋友惠子，認為這棵樹一點用也沒有，但莊子則說：「何不樹之於無何有之鄉，廣莫之野，彷徨乎無為其側，逍遙乎寢臥其下。不夭斤斧，物無害者，無所可用，安所困苦哉！」莊子原借此故事，說人有「成心」，對事物有固定看法，因此看不透許多事物的本質。

賈平凹筆下的「醜石」稍有點不同，它不是我們怎樣「用」的問題，而是世人對着它的平凡和樸拙，就看不起它。文章前半寫「醜石」怎樣平凡和不為人重視：「黑黝黝地」、「牛似的」，壘山牆則嫌它形狀不規則、鋪台階、洗石磨，不能刻字雕花、也不能浣紗捶布，周圍不生花兒，只長荒草，甚至長出了綠苔、黑斑，連孩子也不喜歡它。它唯一的好，是可以在石凹盛水給雞兒喝，十五的夜晚，小孩子爬上石上看月光，不

過有一次卻累作者跌破了膝蓋。

文章超過一半的篇幅都在寫「醜石」的醜和無用，後半天文學家出現後，文章急轉直下，也才揭開「醜石」真正的身世。它原是天上的隕石，落在人間幾百年了。於是人人對它的看法有了轉變，「醜石」的身份和價值，最重要是際遇都不同了。文中的天文學家說它是「以醜為美」、「醜到極處，便是美到極處。正因為它不是一般的頑石，當然不能去做牆，做台階，不能去雕刻，捶布。它不是做這些小玩意兒的，所以常常就遭到一般世俗的譏諷」。作者的立意用心，在此就豁然盡露了。而用大篇幅來寫「醜石」之「醜」，至此也完全呼應。

寫一塊醜石，作者借物說理的用心很明顯，也暗合自先秦以來，莊子哲學思想的某些觀念，增加了可讀性。要多說一句是文章的結尾把道理和情感都說得太盡，處理不好。我以為到「奶奶臉紅了，我也臉紅了」結束全文，效果更好。

抄家（節選）

季羨林

　　我的眼睛看不到外面的情況，但耳朵是能聽到的。這些小將究竟年紀還小，舊社會土匪綁票時，是把被綁的人眼睛上貼上膏藥，耳朵裏灌上灶油的。我這為師的沒有把這一套東西教給自己的學生，是我的失職。由於失職，今天我得到了點好處：我還能聽到外面的情況。外面的情況並不美妙。只聽到我一大一小兩間屋子裏乒乓作響，聲震屋瓦。我此時彷彿得到了佛經上所說的天眼通，透過幾層牆壁，就能看到「小將們」正在挪動床桌，翻箱倒櫃。他們所向無前，順我者昌，逆我者亡。他們願意砸爛甚麼，就砸爛甚麼；他們願意踢碎甚麼，就踢碎甚麼；遇到鎖着的東西，他們把開啟的手段一律簡化，不用鑰匙，而用斧鑿。管你書箱衣箱，管你

木櫃鐵櫃，喀嚓一聲，鐵斷木飛。我多年來省吃儉用，積累了一些小古董，小擺設，都灌注着我的心血；來之不易，又多有紀念意義。在他們眼中，卻視若草芥；手下無情，頃刻被毀。看來對抄家這一行，他們已經非常熟練，這是「文化大革命」中集中強化實踐的結果。他們手足麻利，「橫掃千軍如捲席」。然而我的心在流血。

…………

我蜷曲在廚房裏，心裏面思潮翻滾，宛如大海波濤。我心裏是甚麼滋味呢？「只是當時已惘然」，現在更說不清楚了，好像是打翻了醬缸，酸甜苦辣，一時俱陳。說我悲哀嗎？是的，但不全是。說我憤怒嗎？是的，但不全是。說我

恐懼嗎？是的，也不全是。說我坦然嗎？是的，更不全是。總之，我是又清楚，又糊塗；又清醒，又迷離。此時我們全家三位老人的性命，掌握在別人手中。我們像是幾隻螞蟻，別人手指一動，我們立即變為齏粉。我們呼天天不應，呼地地不答。我不知道，我們是置身於人的世界，還是鬼的世界，抑或是牲畜的世界。茫茫大地，竟無三個老人的容身之地了。「椎胸直欲依坤母」。我真想像印度古典名劇《沙恭達羅》中的沙恭達羅那樣，在走投無路的情況下，生母天上仙女突然下凡，把女兒接回天宮去了。我知道，這只是神話中的故事，人世間是不會有的。那麼，我的出路在甚麼地方呢？

　　暗夜在窗外流逝。大自然根本不管人間有喜劇，還是有悲劇，或是既喜且悲的劇。對於這些，它是無動於衷的，我行我素，照常運行。「英雄」們在革過命以後，「興闌啼鳥盡」，他們的興已經「闌」了。我聽到門外忽然靜了下來，兩個手持大棒的彪形大漢。一轉瞬間消逝不見。樓外響起了一陣汽車開動的聲音：英雄們得勝回朝了。汽車聲音刺破夜空，愈響愈遠。此時正值朔日，天昏地暗。一片寧靜瀰漫天

地之間，彷彿剛才甚麼事情也沒有發生，只留下三個孤苦無告的老人，從棒影下解脫出來，呆對英雄們革過命的戰場。

屋子裏成了一堆垃圾。桌子、椅子，只要能打翻的東西，都打翻了。那一些小擺設、小古董，只要能打碎的，都打碎了。地面堆滿了書架子上掉下來的書和從抽屜裏丟出來的文件。我辛辛苦苦幾十年積累起來的科研資料，一半被擄走，一半散落在地上。睡覺的床被徹底翻過，被子裏非常結實的暖水袋，被甚麼人踏破，水流滿了一床。看着這樣被洗劫的情況，我們三個人誰都不說話——我們還有甚麼話可說呢？人生到此，天道寧論！我們哪裏還能有一絲一毫的睡意呢？我們都變成了木雕泥塑，我們變成了失去語言，失去情感的人，我們都變成了植物人！▎

作品賞析・學習重點

讀季羨林〈抄家〉這一段文字，總容易令人想起柳宗元的名篇〈捕蛇者說〉。

唐朝憲宗時候，柳宗元貶官永州。他在這裏認識了以捕蛇為業的蔣先生。由於當時永州有例，可以獻上此地特產的毒蛇代替繳稅，於是這位蔣氏不管自己父親及祖父皆因捕蛇遭噬而中毒死，繼續以捕蛇為業。柳宗元寫蔣先生，其實是要批判苛稅對人民的殘害。文中一段寫悍吏到人家收稅，短短數十字，生動傳神：

悍吏之來吾鄉，叫囂乎東西，隳突乎南北；譁然而駭者，雖雞狗不得寧焉。吾恂恂而起，視其缶，而吾蛇尚存，則弛然而臥。

這段文字運用了具象、襯托和對比等手法，把稅吏來收稅的兇惡粗暴，擾民至「雞犬不寧」的畫面活現出來，是古代散文中一段精彩的描寫文字。

說了這麼多唐代散文的寫作技巧，因為正可幫助我們閱讀季老的〈抄家〉。這本是季羨林在《牛棚雜憶》的其

中一章，主要寫在文化大革命期間，季羨林和老妻、嬸母三個老人，被學生批鬥，破壞掠奪家中物品的經過。這裏集中選錄了描寫季氏當時內心思潮翻滾和感慨。三位老人只能蜷縮在廚房冰冷的地上，聽到家中物件被破壞的聲音，彷彿看到肆意破壞的畫面：

他們願意砸爛甚麼，就砸爛甚麼；他們願意踢碎甚麼，就踢碎甚麼；遇到鎖着的東西，他們把開啟的手段一律簡化，不用鑰匙，而用斧鑿。管你書箱衣箱，管你木櫃鐵櫃，喀嚓一聲，鐵斷木飛。

作者用樸實的文字，「砸爛」、「踢碎」、「管你」、「鐵斷木飛」，用語有力，白描出那份肆意妄為的破壞。到破壞過後，作者描寫「劫後」情景，一樣是白描為主，羅列被破壞之物：「屋子裏成了一堆垃圾」，桌子、椅子、小擺設、小古董、書本、文件、床被，連被子裏的暖水袋，都不能倖免，被踏破後水流滿了一床。作者放棄用華麗鋪張的形容，只用客觀平實的文字，反而更顯出整件事情的悲劇性，其具象手法，正與柳宗元所運用的相近。

所以他說：「暗夜在窗外流逝。大自然根本不管人間有

喜劇，還是有悲劇，或是既喜且悲的劇。對於這些，它是無動於衷的，我行我素，照常運行。」文革中遇到倫常扭曲的逼害，來抄自己家是當年自己愛惜的學生，這份極大的悲慟，用平淡樸實的文字，以白描手法寫出，更令讀者悲哀無奈。所以他說：「看着這樣被洗劫的情況，我們三個人誰都不說話──我們還有甚麼話可說呢？人生到此，天道寧論！」

要描寫激烈的感情和心緒，不等於一定要用激烈的言詞和語句，季羨林在這裏作了很好的示範。

晚鐘　劍橋（節選）

王蒙

從聖約翰書院出來，天時尚早，剎那的夕陽餘暉一閃，陰雲迅速地重新遮蓋了天空。我很慶幸，可以早早地與校方的人員告別，享受一個晚上的自由獨處。重新走過大院落，走上室內的奈何橋，想念着死囚與徐志摩、想着〈再別康橋〉，輕輕的來與去，和〈我所知道的康橋〉。想着中外的歷史、二次世界大戰與戰前戰後的和平時光，在劍橋獲得學位的那種莊嚴與不無做作的盛典，「故國」神遊，多情應笑我早生華髮……然後，來到了那塊大草坪上。

雨後的綠草如油，映襯於四面的蒼茫的建築，顯現出一種生命的滋潤與新鮮。我看到了我們下榻的那間房屋的窗子，也看到了房後的教堂尖頂十字架。我想起了幼年時讀過

的有關歐洲的一切，比如《茵夢湖》。我知道茵夢只是譯
音，但是茵這個字還是使我立即把它與眼前的這片綠草聯繫
起來。我假定綠草坪是歐洲的一道經久不移的風景。我假定
不論是《傲慢與偏見》還是《簡愛》的故事乃至福爾摩斯的
案件都發生在如此的綠草地上。走在這樣的草地上我覺得說
不出的感動。我的感動是一種不勝其美不勝其靜，不勝其古
老，不勝其空空如也，不勝其平凡而又嫵媚的風格的感覺。
按照徐志摩的描寫，也許這裏是應該有幾條牛的，但我也沒
有注意到牛。我說沒有注意到，是因為我是如此地融化於這
劍河邊的草地的靜謐之美，我似乎已經喪失了旁的能力。

又下起了雨，小風相當涼。妻說快進屋吧，這才依依不

捨地進了樓。

　　天也就這樣黑下來了。樓裏照舊杳無人跡。絕了。今夕何夕，此地何地？雖說已是五月下旬，陰雨天仍然寒冷。好在房間裏的暖氣可以調節，擰一擰螺旋開關，發出咔咔的響動，一股子溫暖就過來了。洗洗臉，用電壺坐開水沏上一杯紅茶。晚間一面說閒話交換我們對於劍橋的印象，一面找出了頭幾天這次訪英的另一個東道主陳小瀅女士送的她的雙親凌淑華與陳西瀅的作品集翻閱。這才注意到客廳裏靠牆擺着一排大書櫃，書櫃裏碼着的都是棕色皮面的精裝舊書。時光似乎倒退回去了不少，我們與世界也兩相遺忘，一種少有的隨意與鬆弛撫慰着我們的心。

這時鐘聲又清純亮麗地響了起來。滿屋都是鐘聲，滿身都是鐘響。咚咚噹噹，顫顫悠悠，鋪天蓋地，漸行漸遠，鏗鏘的銅聲與一波未平一波又起的嗡嗡餘韻互為映襯，組成了晚鐘的疊層堂室。我們放下手中書，我們諦聽着飽含着愛戀與關懷、雍容與悲戚的鐘聲。我們的心我們的身隨着這種聲而顫抖而飛翔而化解。我重又浸沉到那種喜不自勝悲不自勝愛不自勝慚不自勝的心情中。我感動於鐘聲的悠久而慚愧於自己的匆促，我感動於鐘聲的慷慨而反省於自己的渺小，我感動於鐘聲的清潔而更產生了沐浴精神的渴望，我感動於鐘鳴的深遠而更急切於告別那些無聊的故事。

　　鐘聲至今仍然鳴響在我們的心裏。▌

作品賞析・學習重點

自從徐志摩寫了新詩〈再別康橋〉和散文〈我所知道的康橋〉，康橋，就成了近百年中國文人共有的一種思憶與嚮往。這篇文章以〈晚鐘劍橋〉為題，可以想見是以晚鐘為重點，表現劍橋風景。節選的文字時序分明，讀者很容易跟得上，可以分三個部分，第一段寫大草坪，第二段寫房裏，第三段才是寫劍橋的晚鐘聲。

寫草坪的一段，作者主要用聯想，把眼前見到的綠茵草坪，寫得具體，也讓讀者有很大的參與空間。「雨後的綠草如油，映襯於四面蒼茫的建築，顯現出一種生命的滋潤與新鮮」，「綠草坪是歐洲的一道經久不移的風景」。望着眼前這樣的美景，居住的房子和教堂尖頂的十字架都映入眼簾，這是鏡頭的靈活運用。作者在美景中，神思飛動，想到《茵夢湖》、《傲慢與偏見》、《簡愛》和徐志摩，在一片寧靜和古老中，作者享受了劍橋草地的寧靜之美，產生感動：「我的感動是一種不勝其美不勝其靜，不勝其古老，不勝其空空如也，不勝其平凡而又嫵媚的風格的感覺。」劍橋美景惹人聯想，引人感動，在文字中很有力地表現出來。

第二節是過渡，寫天色已黑，作者退回房間裏，敘述的筆墨多了，描寫的卻是一種「與世界也兩相遺忘，一種少有的隨意與鬆弛」。到了第三段，才是真正的寫到「劍橋晚鐘」，篇幅並不多，卻是作者相當集中運用寫作技巧的部分。

首先是運用擬聲詞：「咚咚噹噹」、「嗡嗡」，於是感到「滿屋都是鐘聲」、「滿身都是鐘響」。在前面仰臥大草坪和房間的鬆弛自適，再寫鐘聲，作者的情感到此已達到相當的飽滿和力度，「我們的心我們的身隨着這種聲而顫抖而飛翔而化解」，於是作者不斷用反復的手法，強烈地抒發在劍橋晚鐘下的感動。在這裏，反復的修辭手法產生重要的作用，除了極寫心情的複雜：「我重又浸沉到那種喜不自勝悲不自勝愛不自勝慚不自勝的心情中」，獨特的反復句式，強化了鐘聲予作者深刻的感動，連續四句「我感動於鐘聲的……」，是再一次運用，將在寧靜環境和悠揚鐘聲中的情感，飽滿地抒發出來。

余秋雨

洞庭一角（節選）

……一個深不見底的海，頂着變幻莫測的天象。我最不耐煩的，是對中國文化的幾句簡單概括。哪怕是它最堂皇的一脈，拿來統攝全盤總是霸道，總會把它豐富的生命節律抹煞。那些委屈了的部位也常常以牙還牙，舉着自己的旗幡向大一統的霸座進發。其實，誰都是渺小的。無數渺小的組合，才成偉大的氣象。

終於到了君山。這個小島，樹木葱蘢，景致不差。尤其是文化遺蹟之多，令人咋舌。它顯然沒有經過後人的精心設計，突出哪一個主體遺蹟。只覺得它們南轅北轍而平安共居，三教九流而和睦相鄰。是歷史，是空間，是日夜的洪波，是洞庭的晚風，把它們堆湧到了一起。

　　擋門是一個封山石刻，那是秦始皇的遺留。說是秦始皇統一中國，巡遊到洞庭，恰遇湖上狂波，甚是惱火，於是擺出第一代封建帝王的雄威，下令封山。他是封建大一統的最早肇始者，氣魄宏偉，決心要讓洞庭湖也成為一個馴服的臣民。

　　但是，你管你封，君山還是一派開放襟懷。它的腹地，有堯的女兒娥皇、女英墳墓，飄忽瑰艷的神話，端出遠比秦始皇老得多的資格，安坐在這裏。兩位如此美貌的公主，飛動的裙裾和芳芬的清淚，本該讓後代儒生非禮勿視，但她們依憑着乃父的聖名，又不禁使儒生們心旌繚亂，不知定奪。

　　島上有古廟廢基。據說載，佛教興盛時，這裏曾鱗次櫛

比，擁擠着寺廟無數。繚繞的香煙和陣陣鐘磬聲，佔領過這個小島的晨晨暮暮。呂洞賓既然幾次來過，道教的事業也曾非常蓬勃。面對着秦始皇的封山石，這些都顯得有點邪乎。但邪乎得那麼久，那麼隆重，封山石也只能靜默。

島的一側有一棵大樹，上嵌古鐘一口。信史鑿鑿，這是宋代義軍楊么的遺物。楊么為了對抗宋廷，踞守此島，宋廷即派岳飛征剿。每當岳軍的船隻隱隱出現，楊么的部隊就在這裏鳴鐘為號，準備戰鬥。岳飛是一位名垂史冊的英雄，他的抗金業績，發出過民族精神的最強音。但在這裏，岳飛扮演的是另一種角色，這口鐘，時時鳴響着民族精神的另一方面。我曾在杭州的岳墳前徘徊，現在又對着這口鐘久久凝望。我想，兩者加在一起，也只是民族精神的一小角。

可不，眼前又出現了柳毅井。洞庭湖的底下，應該有一個龍宮了。井有台階可下，直到水面，似是龍宮入口。一步步走下去，真會相信我們腳底下有一個熱鬧世界。那個世界裏也有霸道，也有指令，但也有戀情，也有歡愛。一口井，只想把兩個世界連結起來。人們想了那麼多年，信了那麼多年，今天，宇航飛船正從另外一些出口去尋找另外一些世界。

雜亂無章的君山，靜靜地展現着中國文化的無限。

君山島上只住着一些茶農，很少閒雜人等。夜晚，遊人們都坐船回去了，整座島闃寂無聲。洞庭湖的夜潮輕輕拍打着它，它側身入睡，懷抱着一大堆秘密。▍

作品賞析・學習重點

余秋雨這篇文章寫的是洞庭湖，節選的文字集中寫洞庭湖中一個小島：君山。

洞庭湖是中國著名傳統文化重點，除了湖畔有因范仲淹而名留千古的岳陽樓，自古以來，積澱不少神話和傳說，包括舜帝二妃娥皇、女英、始皇封山、呂洞賓白日飛升、柳毅龍女的動人愛情故事等。由屈原的〈九歌〉開始，一直到唐詩宋詞，以至明清話本小說，各類文學作品中，都經常寫到洞庭湖。面對描寫對象有如此沉重濃厚的文化和傳統色彩，作者要有強烈的駕馭文字技巧，否則讀者很易就會被傳統的沉澱吸引開去，如果這樣，那就不是文字在起作用，而是文化歷史在起作用，表達能力的高低，於此也會露出。

作者選擇君山，寫出洞庭湖的神秘和平靜，怎樣捕捉、怎樣在既成固定的傳統印象和理解中，突出自己對客觀環境的感覺和看法。就像他在文中（節選部分以外）曾這樣描寫洞庭湖的博大：

洞庭湖氣候變化幅度大着呢，它是一個脾性強悍的活

體，僅僅一種裁斷哪能框範住它？

文章選擇了幾段關於君山的歷史和傳說，當中有秦皇封山和岳飛征剿楊么的史實，也有柳毅傳書和呂洞賓成仙的神話故事。作者沒有停留在這些故事，而是有自己的文化情感，對眼前的歷史景物和遺址，生起了悸動。他寫君山展現的中國文化，也寫君山今天的平靜，因此如此結束了這一節：

夜晚，遊人們都坐船回去了，整座島闃寂無聲。洞庭湖的夜潮輕輕拍打着它，它側身入睡，懷抱着一大堆秘密。

這是描寫歷史場景的方法，智慧、情感和解讀，有自己的看法和感覺，也協助讀者對景物有更深入的感受和理解。這是處理一些本身已有強烈濃厚色彩的描寫對象時，須多加留意的地方。就像我們站在八仙嶺，是否一定要寫師生情；在金紫荊廣場參觀升旗禮，如果不描寫心中的家國情懷，是否又必然是失敗呢？香港中學生在因物起興和聯想習慣等方面，都有隨俗流濫的毛病，多閱讀名家作品，自然可以有領會和進步。

少小離家老大回（節選）

白先勇

晚上我們下榻市中心的榕湖賓館，這個榕湖也是有來歷的，宋朝時候已經有了。北岸榕樹樓前有千年古榕一棵，樹圍數人合抱，至今華蓋亭亭，生機盎然，榕湖因此樹得名。黃庭堅謫宜州過桂林曾繫舟古榕樹下，後人便建榕溪閣紀念他。南宋詩人劉克莊曾撰〈榕溪閣詩〉述及此事：

> 榕聲竹影一溪風，遷客曾來繫短蓬。
>
> 我與竹君俱晚出，兩榕猶及識涪翁。

榕湖的文采風流還不止此。光緒年間，做過幾日「台灣大總統」的唐景崧便隱居榕湖，他本來就是廣西桂林人，回到故鄉興辦學堂。康有為到桂林講學，唐景崧在榕湖看棋亭上招待康有為觀賞桂劇名旦一枝花演出的《芙蓉誄》。康有

106

為即席賦詩：「萬玉哀鳴聞寶瑟，一枝濃艷識花卿。」傳誦一時。想不到「百日維新」的正人君子也會作艷詩。

榕湖遍栽青菱荷花，夏季滿湖清香。小時候我在榕湖看過一種水禽，雞嘴鴨腳，叫水雞，荷花叢中，突然會衝出一群這種黑鴉鴉的水鳥來，翩翩飛去，比野鴨子靈巧得多。

榕湖賓館建於六〇年代，是當時桂林最高檔的賓館，現在前面又蓋了一座新樓。榕湖賓館是我指定要住的，住進去有回家的感覺，因為這座賓館就建在我們西湖莊故居的花園裏。抗戰時我們在桂林有兩處居所，一處在風洞山下，另一處就在榕湖，那時候也叫西湖莊。因為榕湖附近沒有天然防空洞，日機常來轟炸，我們住在風洞山的時候居多。但偶

爾母親也會帶我們到西湖莊來，每次大家都歡天喜地的，因為西湖莊的花園大，種滿了果樹花樹，橘柑桃李，還有多株纍纍的金橘，我們小孩子一進花園便七手八腳到處去採摘果子。橘柑吃多了，手掌會發黃，大人都這麼說。一九四四年，湘桂大撤退，整座桂林城燒成了一片劫灰，我們西湖莊這個家，也同時毀於一炬。戰後我們在西湖莊舊址重建了一幢房子，這所房子現在還在，就在榕湖賓館的旁邊。

那天晚上，睡在榕湖賓館裏，半醒半睡間，朦朦朧朧我好像又看到了西湖莊花園裏，那一叢叢綠油油的橘子樹，一隻隻金球垂掛在樹枝上，迎風招搖，還有那幾棵老玉蘭，吐出成千上百夜來香的花朵，遍地的梔子花，遍地的映山紅，滿園馥郁濃香引來成群結隊的蜜蜂蝴蝶翩躚起舞——那是另一個世紀、另一個世界裏的一番承平景象，那是一幅永遠印在我兒時記憶中的歡樂童畫。▍

作品賞析・學習重點

這篇文章原有一個小副題，叫「我的尋根記」，寫的是香港電視台要拍攝一部有關白先勇的紀錄片，邀請他回老家探訪尋根。

節選的文字主要集中在最後寫榕湖的部分。〈少小離家老大回〉整篇文章描寫桂林山水，花橋和白先勇的父親等，這些都是廣為人熟悉的人事地方，由作者向讀者自述重要的身世，只有「榕湖」這一段，作者下筆很「輕」，默默揭開童年時靜靜的心靈一角。

作者首先寫出榕湖的文采風流，劉克莊、康有為和唐景崧拉開了榕湖淡淡的歷史文化景深，不過作者着墨最多的，仍是榕湖的自然美和童年記憶，一種是本份天然，一種是後天塗抹。對於作者，住進榕湖，作者有「回家的感覺」，這是整段描寫的關鍵處。為甚麼有「回家的感覺」？有這種感覺就會注意到甚麼？想到甚麼？感到甚麼？

一連串的問題組織了全段文字，這是描寫時的「定位」問題，也聚攏串起了各種描寫部分，我們常常感到有些

描寫筆墨零碎，其實是作者下筆時缺乏這種意識。能夠把握，自然可以成就好文章，我們且看白先勇怎樣處理。

為甚麼有「回家的感覺」？因為「抗戰時我們在桂林有兩處居所，一處在風洞山下，另一處就在榕湖」。但是重要的當然不是住處所在，而是情感之所在：「但偶爾母親也會帶我們到西湖莊來，每次大家都歡天喜地的，因為西湖莊的花園大，種滿了果樹花樹，橘柑桃李，還有多株纍纍的金橘，我們小孩子一進花園便七手八腳到處去採摘果子。」「家」的感覺，就在這種家人相聚，孩子嬉樂中表現出來。抓住重要而有表現力的事件，具體刻劃，再以之貫穿起散落零碎的回憶追思，白先勇手法圓熟，同學可多加學習。

寫桂林山水、寫父親、祖母和祖屋，作者下筆很「實」，寫榕湖，用的是追憶和想像，將童年的歡樂和平靜生活，用絢美又淡素的筆墨寫下來，餘味不盡。不同的描寫對象，相應運用的筆法也不同，這篇文章是好例子。

寂寞像一隻蚊子（節選）

簡媜

雖然把紗窗關得死死地，室內一日一回灑掃乾淨，還是看到蚊子悠哉悠哉打眼前飛過。

通常只有一隻。急忙擱下手邊的事，隨手捲了紙，戴上眼鏡，四處偵查，發現蚊子停在懸吊的燈葉上，蹬個蹦，揮動紙捲，猴兒樣，蚊子悠哉悠哉一路飛進臥房，看來不像被我震走的，是牠自個兒散心去的，更傷人自尊。臥房裏衣櫥、書櫃、床榻都大剌剌地攤着，也不知道蚊子躲到哪件衣衫裙裾？常愛穿黑，這賊一定鑽到黑色裏。隨手關上臥房的門，算是將牠軟禁了，回到書桌前，才發現手上的紙捲是正在撰寫的一張稿子，墨汁未乾，標題與首段文字相印成：「寂寞像死死打隻蚊子」這題目有味兒，耐嚼，可是不宜採

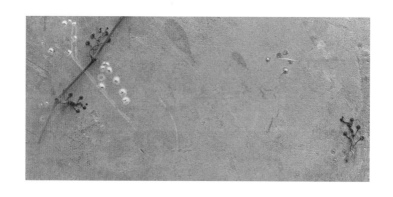

用，難道還需要一隻蚊子來修改我的標題嗎？

我重新鋪好稿紙，把能用的字兒給搬過來，那張稿子隨手揉成一個小胖梨丟到字紙簍裏，我開始思索「寂寞」這個問題，腦海裏浮現一連串的畫面，有的甚至荒謬怪誕，看來都不宜落筆。到底寂寞是甚麼？忽然非常模糊，我沮喪起來，像罹患健忘症的人對着鏡子卻叫不出鏡中人的名字！又開始玩起猜謎：寂寞是甚麼？它可以吃嗎？會不會縮水？會不會沸騰？每個人都有嗎？它是一種癬嗎？它會傳染嗎？把它放進咖啡，會溶解嗎？假如一個寂寞的人跟一個不寂寞的人在一起，是寂寞的人變成不寂寞，還是不寂寞的人變成寂寞？一個人的時候容易寂寞，還是多數人的時候？它是不是

數學名詞？寂寞開根號等於多少？寂寞的N次方還會等於寂寞嗎？遠古太初，第一個發現寂寞的人是誰？他在甚麼狀態下發現的？也許是在河裏獵魚，沒獵着，忽然看見一條魚甜甜地睡在水裏，動也不動，他使勁用力一刺——原來被水光浮影欺騙了，刺到一隻肥肥的腳板。那種痛到骨頭失散的感覺，也許就叫做寂寞。（這麼說，寂寞帶了點痛！）

…………

　我確定自己完全清醒了，手臂上熱辣的癢意比甚麼理論都真切，在脫離恐怖氛圍之後，等着暗殺一隻蚊子的念頭大大地振奮了我。象牙白的牆壁非常適合觀測，我框上眼鏡，看見牠停在天花板上，又迅速飛繞幾圈，企圖甩脫我的目光，當然，牠萬萬料想不到，夜半無聲，蚊嚶好似一架轟炸機！我坐在床沿，一動也不動，故意捋高兩袖，好讓體溫迅速擴散，以人血的甜腥美味刺激牠的感官。果然，牠賊賊地朝我飛來，停在被人氣烘暖的牆壁上伺機放針，我仍然不動，悄悄地以掌貼着地板，消滅手溫，慢慢豎掌，移近，屏住呼吸，拍壁！移開，白壁上濺出一灘鮮紅的血，掌心也染了一顆朱砂痣，牠確死無疑，我獰笑起來，一隻吸吮我的鮮

血維生的蚊子終於死在我的掌心。血漬滲入白壁，拿抹布使勁擦拭，總算把蚊印滅乾淨。繼續睡。

躺在床上，了無睡意。我真的打死一隻會飛的東西名叫「蚊子」嗎？既然失眠，乾脆回到書房揍扁「寂寞」那篇稿子？如果「寂寞」會飛、會流血，事情就好辦多了。這個念頭振奮了我，趕快在原稿上續筆：「寂寞像一隻蚊子，孳生在自己體內的，深更半夜才飛出來報仇。……」

我終於沒把稿子寫完。打算天亮以後，掛電話跟雜誌社編輯說：

「打死一隻蚊子，算是交稿了。」▮

作品賞析・學習重點

明喻，是常見的修辭手法，也是描寫技巧的基本工夫。正因為常見和基本，所以並不容易做得好，必須另出機杼，或者有別出心裁的設計，才可以在眾多相同寫法的文章中，建立自己的獨特面目，製造感染力。

簡媜描寫寂寞，說它像一隻蚊子。如果不看文章，你怎樣想像這個比喻呢？寂寞又為甚麼會像一隻蚊子？文中其實比附並不多，不過從題目看有吸引力，至少我們可以想像一些蚊子的特點：神秘鬼祟、騷擾性、會刺人吸血、專在漫漫長夜製造騷擾，這些東西，和寂寞的惱人是否相似，又是否因此可以描寫寂寞變得更具體，更多聯想空間？這些，都是閱讀這篇文章的重要考慮。

寫詩的時候，我們運用比喻和象徵，會講究「聯想的速度」。由此物聯想到彼物，如果兩者之間的距離愈遠，則聯想的速度愈快，想像和暗示的空間愈大。舉例說，如果我們由棉花想像到棉花糖，兩者很近似，這種聯想就是「近距離」的，聯想速度不高。這篇文章，寂寞和蚊子是風馬牛不相及的事，由此產生相互聯想，聯想速度高，讀者參與空間大。運用描寫的筆墨，必須善用這

種聯想速度，不但有助描寫，而文章的機智和餘味不盡，往往藉此而生。

節選文字的最後部分，描寫了作者打殺蚊子的詳細過程。作者要用工筆刻劃整個過程，加上感情心理的描寫。如果「寂寞像一隻蚊子」，這種捕殺，最後令其死於自己掌中的描寫，就有了更深刻寬遠的聯想和解讀。作者「獰笑起來」、「躺在床上，了無睡意」，說寂寞像蚊子在自己體內生長，夜半飛出來報仇，到此，「寂寞像一隻蚊子」就有了着落，儘管動了殺機，甚至將「敵人」斃於掌心，當然無法排遣內心真正的寂寞。只是經過如此一轉折，文章由客觀真實的場景——晚上工作時蚊子飛進房中——出發，引發作者對寂寞的種種思考，要描繪和抒發的，正是作者的寂寞揮之不去，而利用蚊子的來襲和死去，表達就變得具體而更深刻。

垂釣睡眠（節選）

鍾怡雯

一定是誰下的咒語，拐跑了我從未出走的睡眠。鬧鐘的聲音被靜夜顯微數十倍，清清脆脆的鞭撻着我的聽覺。凌晨三點十分了，六點半得起床，我開始着急，精神反而更亢奮，五彩繽紛的意念不停的在腦海走馬燈。我不耐煩的把枕頭又掐又捏。陪伴我快五年的枕頭，以往都很盡責的把我送抵夢鄉，今晚它似乎不太對勁，柔軟度不夠？凹陷的弧度異常？它把那個叫睡眠的傢伙藏起來還是趕走了？

我要起性子狠狠的擠壓它。枕頭依舊柔軟而豐滿，任搓任搵，雍容大度地容忍我的魯莽和欺凌。此時無數野遊的睡眠都該已帶着疲憊的身子各就其位，獨有我的不知落腳何處。它大概迷路了，或者誤入別人的夢土，在那裏生根發芽

　　而不知歸途。靜夜的狗嘷在巷子裏遠遠近近的此起彼落，那聲音隱藏着焦躁不安，夾雜幾許興奮，像遇見貓兒蓬毛挑釁，我突發奇想，牠們遇見我那蹺家的壞小孩了吧！

　　我便這樣迷迷糊糊的半睡半醒，間中偶爾閃現淺薄的夢境，像一湖漣漪被一陣輕風吹開，慢慢的擴散開來。然而風過水無痕，睡意只讓我淺嚐即止，就像舐了一下糖果，還沒嚐出滋味就無端消失。然後，天亮了。鬧鐘催命似地鬼嚎。

……………

　　每當夜色翻轉進入最黑最濃的核心，燈光逐窗滅去，聲音也愈來愈單純、只剩嬰啼和狗吠的時候，我總能感受到萎縮的精神在夜色中發酵，情緒也逐漸高昂，於是感官便更敏

銳起來。遠處細微的貓叫，在聽覺裏放大成高分貝的廝殺；機車的引擎特別容易發動不安的情緒；甚至遷怒風動的窗簾，它驚嚇了剛要蒞臨的膽小睡意。一隻該死的蚊子，發出絲毫沒有美感和品味的鼓翅聲，引爆我積累的敵意，於是乾脆起床追殺牠。蚊子被我的掌心夾成了肉餅，榨出無辜的鮮血。我對着那美麗的血色發呆，習慣性的又去瞄一瞄鬧鐘。失眠的人對時間總是特別在意，哎！三點半了！時間行走的聲音讓我反應過度，對分分秒秒無情的流失尤其小心眼。我想閱讀，然而書本也充滿睡意，每一粒文字都是蠕動的睡蟲，開啟我哈欠和淚腺的閘門。難怪我掀開被子，腳跟着地的剎那，恍惚聽見一個似曾相識的聲音在冷笑：「認輸了吧！」原來失眠並不意味着擁有多餘的時間，它要人安靜而專心的陪伴它，一如陪伴專橫的情人。

　　我趿上拖鞋，故意拖出叭噠叭噠的響聲，不是打地板的耳光，而是拍打暗夜的心臟。心有不甘的旋亮桌燈，溫暖的燈光下兩隻貓兒在桌底下的籃子裏相擁酣眠。多幸福啊！能夠這樣擁抱對方也擁抱睡眠。我不由十分羨慕此刻正安眠的眾生、腳下的貓兒、以及那個一碰枕頭就能接通夢境的「以

前的我」。眼皮掛了十斤五花肉般快提不起來了，四天以來它們闔眼的時間不超過十二個小時，工作量確實太重了。黃色的桌燈令春夜份外安靜而溫暖。這樣的夜晚適宜窩在床上，和眾生同在睡海裏載浮載沉。▌

作品賞析・學習重點

文學表達基本原理，主要是具象的手法。古往今來，善用描寫文字之作者，總能化抽象為具象。我們常告誡學生不要濫用形容詞，就是因為作為描寫的方法，運用形容詞很容易變得流濫抽象，交代了卻沒有表現力，是躲懶的做法。

〈垂釣睡眠〉一文，在這方面十分成功。鍾怡雯描寫失眠的感覺和痛苦，用的大部分是具象表達手法。失眠是很多人都有過的經驗，除了令人感到辛苦，還使人氣惱和無奈，這些都是抽象的感覺，怎樣可以具體表達呢？作者的成功，在運用具象和連串心擬，跳脫生動，文章一開始不從「垂釣」下筆，卻先寫枕頭：

我不耐煩的把枕頭又掐又捏。陪伴我快五年的枕頭，以往都很盡責的把我送抵夢鄉，今晚它似乎不太對勁，柔軟度不夠？凹陷的弧度異常？它把那個叫睡眠的傢伙藏起來還是趕走了？

失眠時的胡思亂想，掐捏枕頭，刻劃細緻，無理的疑問，只是為了反映人物失眠時的狀態。節選部分的最末，從連

串描繪：嬰啼，狗吠、貓叫、追殺蚊子、閱讀等，把夜深失眠的精神狀態和不安情緒描寫得具體深刻。

文章最吸引的，還是善用具象的比喻。反過來看，運用具象手法，不能只是運用了比喻就算，而是講究準確，有發展，而且能突出描寫對象的特點。這篇文章在這方面，值得學習的地方很多。首先是題目「垂釣睡眠」，香港學生看了或者只有神會，因為我們常戲稱在課堂上打瞌睡是「釣魚」，相當形象化的描述。鍾怡雯卻說要將失眠「釣」回來，設喻獨到新鮮。因為「釣」，不但是等待，需要耐性，而且無法掌握，釣魚的人處於相當被動的位置，移之形容失眠，豐富而立體地說出了當中妙處。文章中用具象來描寫的地方不少，例如半睡半醒，無法酣暢的苦惱：

像一湖漣漪被一陣輕風吹開，慢慢的擴散開來。然而風過水無痕，睡意只讓我淺嚐即止，就像舐了一下糖果，還沒嚐出滋味就無端消失。

那份淺嚐，那份無奈，在準確的比喻聯想中，讀者感受具體深刻。化抽象為具象的描寫手法，這篇文章是成功、值得學習的好教材。

野獸派丈母娘（節選）

莊裕安

　　我的丈母娘是個不折不扣的野獸派，舉凡炒菜和作畫。

　　比如說，禮拜天早上十點鐘，靈機一動，來吃飯，我們就乖乖去報到。丈母娘請家常客，再天經地義也不過了。麻煩的是前一天晚上，她還抱怨五十肩。我們擔心的是她要上菜市場，提沉重的菜籃，怕她的體力吃不消。但她往往像個垂簾的太后，來，由不得你置喙餘地。

　　雖然我沒陪她上過市場，但我想像她買菜的樣子，一定不亞於一隻尊貴的孟加拉虎。她一定有最靈敏的嗅覺，最挑剔的脾胃，而且對我們，她的女兒和女婿，充滿慈悲。我們其實不像她所想像的那麼可憐蟲，吃三個月前的遠洋雪藏鱈魚鮭魚、等而下之的冷凍水餃、冷凍青豆、冷凍胡蘿蔔。我

們樂於逛「萬客隆」，四個禮拜的生鮮一口氣買成，對開罐器、微波爐、冷凍庫，充滿敬意與謝意。可是這一對貪圖便利的小崽子，在她眼中看來，是營養不良又毫無品味的。她上菜市場，面對猩紅嫩白的排骨海鮮，一定充滿「叼」的快意，才四月天就渾身大汗。

我沒見過丈母娘在菜市場的虎虎生風，但碰上她在廚房耍刀弄鉞。她習慣將冰毛巾繫於額前或頸間，看來真像日本料理店吆三喝四的大廚。但不同於指揮的領班，誰也不要來當幫手，以免礙着她的腕肘肩臀。她炒菜的時候，一定希望廚房有半個操場那麼大。有時候索性關了穿堂的門，以便一個人在裏頭大顯身手。如果杜甫再世，說不定也會贈她那首

「觀公孫大娘弟子舞劍器行」的名句，爌如羿射九日落，矯如群帝驂龍翔；來如雷霆收震怒，罷如江海凝青光。總之，她的熱力不亞於指揮一整個交響樂團。

野獸派丈母娘對食物的信念是，價格不必多昂貴，但一定要新鮮，從篩選原料到烹調上桌。她永遠希望，在你按門鈴之際，熱炒的食物才下鍋，食物在鍋鏟與口舌之間，最好不要超過三十秒。那些剛洗過的菠菜，真的像一隻隻會飛的鸚鵡，從水槽飛到餐桌，還維持紅喙綠羽的生鮮活脫。她炒米粉，翻動鍋鏟的樣子，彷彿是另外有一對借來的肩膀，不是年過五十痛於風濕的那雙。

她上桌進食，通常是酒過三巡，但她飛紅酡頰，彷彿已偷喝過半瓶紹興。她坐下來的第一個聲息，往往是歎一口大氣，欸，人是會老的，說一些蒙田或培根說過的陳腔雋語。只有積勞的農夫，抱着秋天金黃色的麥穗，才會出現的疲倦夾雜喜悅。她動碗筷時，飯菜已經不再冒熱氣，我們雖然狼吞虎嚥過了，但一定要陪她四處逛逛，清一清盤底。她吃飯的心情，也許像個善於算計的水果商人，把最光鮮滑脆的一批高價賣出，剩下的臥底瑕疵，再留給自己。她最喜歡配食

的，也許不是扁魚白菜或蒜三層，極可能最開胃的是我們的笑聲和讚語。她難道是個再世的僧侶？好運氣祝福給別人，自己只要粗茶淡飯就滿意。

你不要以為我們尊貴的孟加拉虎，在杯盤狼藉之後，已顯衰頹之意，其實大戲才要正式上場。等到戰場從飯廳轉移到客廳，這回她不切水果了。下廚收拾頂好是兒女的活兒，她急着為我開畫展。她扛出畫布的樣子，又回復逛菜市場的威風凜凜，好像歌劇的第二幕掀開紅簾，恩恩怨怨要在這一回合算計了斷。

…………

我之所以戲稱丈母娘「野獸派」，因為她最服膺的畫家是馬蒂斯。丈母娘畫兩頭牛，像兩團長着角的烏雲，你委實弄不清楚，為着這樣抽象的東西，她一定要跋山涉水去實景寫生。丈母娘有時候盯着寫生的景物，一直看到實體的輪廓快消逝了，她才將它們移入畫布。她的畫經常呈現狂喜的出神狀態，所以每每筆成，就很難再修改，有幾次不信，落得進退兩難。如果她是演奏家，那一定是「音樂會型」的，觀眾愈多，逼得她愈緊張愈好，她絕不是窮蘑菇的「錄音室

型」。丈母娘最拿手的大概是火鶴花，那天堂鳥像在天堂跳舞，但不是優雅幸福的，而是汗水淋漓銷魂虛脫，像史特拉汶斯基粗獷原始的芭蕾「火鳥」。她的畫不是惹人憐愛的寫實風，甚至她對照相寫實的作品有所憎惡，她的世界總有一股浮動，那股浮動，唔，像足了廚房瀰漫的油煙蒸汽。原來她烹飪，一如作畫，是那樣強調色澤和即興，只有「熱」這個字能概括她的風格。

丈母娘要是不畫，那就可慘了，她可能忙着在家裏量血壓。她打電話來的時候，你會以為是一隻貓要來看病掛號。甚麼時候開始時移勢遷的，她說話的口吻，又變成一個女兒。我想，我的藥櫃上，沒有任何一種藥，是可以剋她的。她懨懨的樣子，我太了解了，就像我一整個禮拜遠離稿紙，別問我怎麼辦，我是你的雙胞胎。

女婿看丈母娘，愈看愈有趣，她是不折不扣的野獸派，懨懨波斯貓，炯炯孟加拉虎。▌

野獸派是二十世紀初在法國巴黎出現的畫派，講究色彩的強烈表現，線條簡單而誇張大膽，放棄許多明暗和透視的繪畫傳統理論，予人不合理的欣賞感覺。莊裕安移之描寫人物，產生獨特的吸引力。

文章一開始就說：「我的丈母娘是個不折不扣的野獸派，舉凡炒菜和作畫。」「野獸派」三字一語雙關，用得巧妙準確，趣味橫生。「野獸派」，讓我們聯想到粗野、不講常理、情感濃烈等，文中作者的丈母娘（廣東人稱外母），既愛畫畫，而且最服膺的畫家是野獸派名家馬蒂斯，行事情感濃烈，大開大合，令人聯想到這種畫派的藝術風格。作者選題設喻，準確有趣，單是這一方面，已經十分值得欣賞。

作者用誇張筆法，努力抓住人物特徵，將線條「放大」。描寫丈母娘，作者主要集中在炒菜和作畫兩事。炒菜如公孫大娘舞劍，希望廚房有半個操場大，熱力不亞於指揮一整個交響樂團；吃飯時「食物在鍋鏟與口舌之間，最好不要超過三十秒」、「酒過三巡，飛紅酡頰」，飯後看畫又是「扛出畫布的樣子，又回復逛菜市

場的威風凜凜」，這回作者少寫丈母娘，多從自己帶點誇張反應：「急得流汗，不只汗滴額眉，一定要濕透背心，才表現我報答誠意。」（節選部分以外）映襯之間，丈母娘的懾人形象，活現生動，又隱隱間入幽默的筆觸，令文章讀來更有趣味。

描寫人物，可以細緻刻劃，像《紅樓夢》、白先勇和張愛玲等作家作品，連人物服裝外貌，甚至衣飾針線也細緻描劃，但也可以只抓住一兩個特點，予以概括塗抹。像本文作者寫丈母娘，就說：「原來她烹飪，一如作畫，是那樣強調色澤和即興，只有『熱』這個字能概括她的風格。」烹飪作畫之外，人物的形象風格又何嘗不然？作者借以寫人，人物的風神氣質，就表現得很具體。不要以為這種描寫筆墨較細緻刻劃容易，稍一處理不好，就顯得浮誇失真，成為卡通化的表達，像莊裕安這篇恰到好處，活現人物的，方是佳作。

水中之光（節選）

詹宏志

　　眼前的世界是奇特怪異的，光線似乎比平時還亮，一種水晶般的色澤散發着光暈，而世界的線條也變得柔和……不，我應該說世界變得柔軟如流水。

　　從我的眼前望出去，兩層樓的紅磚房舍像麵條一樣柔軟，它們本來堅如水泥的輪廓線，此刻更像柳條一樣左右搖曳。我還看見路邊站着兩個大人，至少我看得到他們搖擺的長褲線條，他們的臉龐彷彿在更遠的地方，而且逆光搖晃流動，看不清面孔，但我可以聽見他們說話的聲音，聲音像遠遠經過水管一樣，咕嚕咕嚕，充滿了回音。

　　我想叫他們注意底下的我，但我才一張口，就被一種柔軟的力量封住了嘴，柔軟的液體塞滿我的嘴，讓我完全

發不出聲音，只聽到更多咕嚕咕嚕的回音。我想舉起手，但手好像也被一種溫柔的力量攔住了，抬不起來，兩個路邊的大人還在大聲地說話，笑聲通過水管，遠遠地，咕嚕咕嚕咕嚕⋯⋯。

我絕望地把眼睛閉起來，心中充滿莫名的恐懼，一股柔軟的力量重重壓在我的胸腔，我已經無法呼吸。

突然間，說笑的大人聲音轉成連串驚呼，我聽見慌亂雜沓的聲響，我感覺到一些力量扶着我的腰身，但那些柔軟壓胸的夢魘尚未除去；緊接着我感覺胸前的重量突然卸下，淅瀝嘩啦，頓然一身輕快，耳朵也彷彿刺穿一個薄膜，聽覺立刻清朗起來。急促的大人聲音說：「拍他，拍他，把水吐出來。」

我感到背上有重重的敲擊，突然間，有一大股悶氣從胸口溢出，我嘴巴張開，吐了一大灘水和一大口氣，我眼睛迷離地睜開，旁邊圍着好幾個瞪着眼的大人，我感覺到陽光的溫度、悶熱的空氣、周圍的馬路車聲，也聽見熟悉的大水溝流水的聲音。

　　　…………

　　在水溝裏，世界忽然緩慢了，安靜了。我仰望水溝外的世界，它變得更光亮，更柔軟，而且線條流動搖曳，一個奇特又熟悉的世界，我從來沒有想過從這個角度看到的世界竟是這樣。水流沉沉壓在我身上，我無法爬起來，眼角餘光看見水溝邊有兩個大人站立說話，他們近在咫尺，好像我手伸長一點就可以觸摸他們的褲管，但他們的聲音好像通過一個長長的水管，咕嚕咕嚕咕嚕，充滿了回音。

　　　…………

　　我把手交叉箍在他脖子上，他往前一蹬，我們就衝進水潭的中央，腳底就觸不着底了。突然間，我感覺到阿昆用力拉開我的手，我的手鬆開了，我們的身體也分開了，我獨自往深處跌下。彷彿一剎那間，世界靜止了，我睜開眼，感覺

自己漂浮在一種無重量的介質之中，世界是一片碧綠，但又有點點鵝黃的塵埃，遠處似乎又有光亮，我看見一片樹葉漂過眼前，緩緩地，舞蹈似地，奇妙而美麗的景觀，沒有一點聲音，我卻覺得有溫柔的音樂充滿耳窩。我沒有感覺到自己的呼吸，也沒有掙扎，沒有不舒服，也沒有恐懼，我平靜地知道這是終點，我短暫的生活經歷快速地一幕幕掠過心裏，包括那個躺在水溝裏的場景。▌

作品賞析．學習重點

描寫印象朦朧的人物，十分困難，就像本書中所錄史鐵生的〈二姥姥〉。同樣，對描寫技巧的一種挑戰，就是寫一種其他人未必容易共有的經驗。因為不是大家所共有，就不容易抓住特點，令閱讀的人產生共鳴。例如死亡，就只能想像，沒有人可以親身經歷過，然後再回頭用文字將其中的感覺和經過寫出來。我們日常說：「畫鬼容易畫犬難」，意思是由於沒有人見過鬼，所以可以隨意的繪畫，看的人都不可以說你畫得不像，可是如果是犬，人人知道是甚麼模樣，稍一不像，就露了底。描寫的文字不能如此看，因為描寫貴在深刻，深刻才使讀者產生共鳴，因此如果沒有經驗的共鳴，根本就無法做到深刻，這對作者是高難度挑戰。情況剛好與追求不被責難畫得不似的「畫鬼容易」說法不同。

詹宏志的〈水中之光〉寫遇溺的經過和感覺，經過是敘事，容易寫，只要明晰有序，交代清楚就可以；可是感覺則不同，遇溺不是人人有過的經驗，即使有，深刻難忘的也會是生死掙扎間的驚恐和慌亂，像詹宏志憶述兒時遇溺，怎樣才可以具體？怎樣才可以深刻？

節選的文字集中描寫遇溺的感覺。「眼前的世界是奇特怪異的」，文章開始鎖定了感覺，怎樣表達這種「奇特怪異」呢？作者先從感官入手，「光線似乎比平時還亮，一種水晶般的色澤散發着光暈」，這是顏色的感覺；「而世界的線條也變得柔和」，這是形狀的感覺；然後是對水中世界的感覺——柔軟。柔軟，成為文章往下的重要感官線索。

作者抓住「柔軟」來描寫沒頂浸在水中的感覺：「兩層樓的紅磚房舍像麵條一樣柔軟」、「水泥的輪廓線像柳條一樣」、「搖擺的長褲線條」、「我才一張口，就被一種柔軟的力量封住了嘴」、「我想舉起手，但手好像也被一種溫柔的力量攔住了，抬不起來」、「一股柔軟的力量重重壓在我的胸膛，我已經無法呼吸」。從水中望出去，一切都變得輕柔，卻成為一種力量，把作者困在水中。

除了柔軟，作者始終以感官為主要描寫方法，配以準確的聯想和比喻，產生如幻似真的感覺，正好具體表現沒在水中的感覺。例如在水中看到路邊站着兩個大人，作者描寫他們說話的聲音，就具體形象：「聲音像遠遠經過水管一樣，咕嚕咕嚕，充滿了回音。」經這一描寫，

作者浸在水中的感官經驗，讀者就容易想像體驗。

通過視覺、聽覺和感覺的交疊，作者將自己浸在水中的獨特經驗，具體地描寫下來。常說優秀的描寫，總離不開「張開感官」，寫短暫而個人化的感覺，更需依靠這方面的鋪展。

余光中

沙田山居（節選）

書齋外面是陽台，陽台外面是海，是山，海是碧湛湛的一彎，山是青鬱鬱的連環。山外有山，最遠的翠微淡成一裊青煙，忽焉似有，再顧若無，那便是，大陸的莽莽蒼蒼了。日月閒閒，有的是時間與空間。一覽不盡的青山綠水，馬遠夏圭的長幅橫披，任風吹，任鷹飛，任渺渺之目舒展來回，而我在其中俯仰天地，呼吸晨昏，竟已有十八個月了。十八個月，也就是說，重九的陶菊已經兩開，中秋的蘇月已經圓過兩次了。

海天相對，中間是山，即使是秋晴的日子，透明的藍光裏，也還有一層輕輕的海氣，疑幻疑真，像開着一面玄奧的迷鏡，照鏡的不是人，是神。海與山綢繆在一起，分不出，

是海侵入了山間，還是山誘俘了海水，只見海把山圍成了一角角的半島，山呢，把海圍成了一汪汪的海灣。山色如環，困不住浩淼的南海，畢竟在東北方缺了一口，放檣桅出去，風帆進來。最是晴艷的下午，八仙嶺下，一艘白色渡輪，迎着酣美的斜陽悠悠向大埔駛去，整個吐露港平鋪着千頃的碧藍，就為了反襯那一影耀眼的潔白。起風的日子，海吹成了千畝藍田，無數的百合此開彼落。到了夜深，所有的山影黑沉沉都睡去，遠遠近近，零零落落的燈全睡去，只留下一陣陣的潮聲起伏，永恆的鼾息，撼人的節奏撼我的心血來潮。有時十幾盞漁火赫然，浮現在闃黑的海面，排成一彎弧形，把漁網愈收愈小，圍成一叢燦燦的金蓮。

海圍着山，山圍着我。沙田山居，峰迴路轉，我的朝朝暮暮，日起日落，月望月朔，全在此中度過，我成了山人。問余何事棲碧山，笑而不答，山已經代我答了。其實山並未回答，是鳥代山答了，是蟲，是松風代山答了。山是禪機深藏的高僧，輕易不開口的。人在樓上倚欄杆，山列坐在四面如十八尊羅漢疊羅漢，相看兩不厭。早晨，我攀上佛頭去看日出，黃昏，從聯合書院的文學院一路走回來，家，在半山腰上等我，那地勢，比佛肩要低，卻比佛肚子要高些。這時，山甚麼也不說，只是爭噪的鳥雀洩漏了他愉悅的心境。等到眾鳥棲定，山影茫然，天籟便低沉下去，若斷若續，樹間的歌手才歇下，草間的吟哦又四起。至於山坳下面那小小的幽谷，形式和地位都相當於佛的肚臍，深凹之中別有一番諧趣。山谷是一個愛音樂的村女，最喜歡學舌擬聲，可惜太害羞，技巧不很高明。無論是鳥鳴犬吠，或是火車在谷口揚笛路過，她都要學叫一聲，落後半拍，應人的尾音。▌

作品賞析‧學習重點

初中時，同學讀徐蔚南的〈山陰道上〉，老師會重點教步移法，這是描寫景物的基本手法，柳宗元寫〈永州八記〉，千古流傳，用的主要也是步移法。相對於步移法，是定點描寫，節選的余光中這段文字，寫他居住在沙田香港中文大學的宿舍，在書齋往外望，看到的山光水色美景。節選部分只是全文的首三段，作者寫由陽台朝外望，再由遠景「拉回」，描寫圍著自己的山，層次清楚，「人」和所居的「山」在整個海天自然的包圍中，無論從構圖至情感抒發，都有條不紊而見作者的靈思匠心。

描寫景物，要懂得抓住最重要，也就是最有表現力的意象，然後點染、騰挪、聯想、變化。利用各種視聽感官，在讀者耳目之前描摹刻劃，例如余光中在文中就善用著色詞（千頃碧藍、一影潔白）和聲音（潮聲起伏，永恆鼾息），也刻意為遠望吐露港景色而構圖，由意象到線條，組成一幅生動的海天一色圖，當中有鷹飛、海山綢繆、東北方缺了一口；有此起彼落的千畝藍田，也有夜深時排成一彎弧形的漁火。

余光中的妙筆，除了語言功力，還主要見於聯想的運用，帶領讀者隨作者的神思飛越。文章一開始：「書齋外面是陽台，陽台外面是海，是山，海是碧湛湛的一彎，山是青鬱鬱的連環。」短短幾句，內容豐富。首先說出了觀景的地點，就是由書齋往陽台外望出去，作者像手持鏡頭、伸縮轉換；然後抓住了全文最重要的兩個景物對象：山和水，閱讀文章往後發展，就是圍繞着寫山寫水，沙田山居，就是面水而居於山上。山和水的形態和處所如何，海是一彎，山是連環，加上語言優美，巧用對偶，把山水和人處所的形態都描寫得絲絲入扣。單看開首幾句，就結合了眾多描寫文字的要求。往後再下去，作者手中鏡頭推得更遠：「山外有山，最遠的翠微淡成一裊青煙，忽焉似有，再顧若無，那便是，大陸的莽莽蒼蒼了。」言盡意未盡，豐富之外，尚有豐富。

再看第二段，「透明的藍光裏……是神」，由現實推到想像，到第三段「海圍着山，山圍着我」，又由想像拉回現實的山居，筆鋒稍轉，寫自己成了「山人」，山居之樂，盡在鳥聲蟲聲，松風山影的描繪之中。在這裏，妙喻再現，「山谷是一個愛音樂的村女」，除了學舌擬聲，村女，當然會帶着樸實天真的自然本色，讀者對作

者山居之樂，就更能心領神會，運用比喻而在喻體以外，促使讀者更多聯想感覺，這向來就是余光中散文的獨到之處。

書與街道（節選）

也斯

　　住所樓下是修理汽車的，這一帶路上最常見的是汽車，其次要算狗了。你可以在這裏找到最奇形怪狀的汽車；當然，你也可以找到最奇形怪狀的狗，但怎麼也比不上汽車。每天都有不同的破車攔在修理行門前。走過時可以看見吹管的膠喉盤捲在地上，手持的管口噴出火焰；給汽車噴油時空氣中充滿了顏色的霧氣和油漆的香味。修理汽車的人臥在地上，從汽車底伸出半截身子來；或者蹲在一旁把一塊鐵片鎚圓；或者站在車旁，用抹布揩着補過鐵灰的車子，好像揩着他們自己身上的一個傷口。汽車與人連成一體，這些汽車彷彿是活的，你可以給它們安上人性化的形容詞，你可以說它們是笑歪了嘴巴或者砸掉了天靈蓋的，至少比起用布裹起拋

在理髮店前面溝渠邊的那頭死狗來，它們是更有生命的了。理髮店的理髮匠們在比較清淡的鐘點圍在對街幾爿舖子的寵物店門前——寵物就是狗的意思——他們沒事可做的時候就跑到那裏看狗，也許他們是為了看那個下午來替狗化妝的日本女子。

汽車就亂攤在修理行門前，反正這裏是橫街，經過的車輛並不擠迫。樓上的住客有時找不到停車位置也託下面的人看着車子，警察來時修理行的人就打電話上去叫他們下來把車開走。對這樣的事情他們自有他們的一套規矩。在外面一瞥只是看見噴漆噴得一團黃一團綠的車身、用舊報紙覆着的車窗和輪胎、拆下來的零件、鐵橇、抹布、鐵棒、膠喉、吹

管、油漆、電源變壓器，和許多你叫不出名字的用具。可是它們確是有它們各自的名字，和一個包含着它們和跟它們有關連的人與事的世界，如果你不能使用那種言語就很難進入那個世界了。

單獨一些汽車是沒有那麼複雜的。你看看它們碎裂的玻璃窗和凹陷的車頭蓋，你猜想它的歷史，你告訴自己發生了甚麼事，你幾乎可以聽見當時煞車的聲音和人們的尖叫，加快跳動的脈搏與張惶。當然那些人們也有他們的歷史，你繼續添上一兩個人物，補充一些細節，你自由地加油添醋，它們也不會反駁你。汽車是這樣，狗卻不同，牠們有時會躺下來曬太陽，可是牠們也會單獨跑進電梯裏或者在街上打架，還有在半夜蹲在一輛汽車旁邊的小狗是叫人難忘的。

「現實」不願意讓它的觀眾挨悶，使物質以複數或者放大的形態出現使人驚奇。可是在這附近碰見的人反而都是單數的、少數的。單獨坐在停在陰影裏的汽車中的男子、在一輛工程車旁邊的行人路上的乞丐、沿街搭的攤位中熨衣服的婦人、喝一口水朝陽光噴出來的小孩、站在水族館前凝神的老人——我有一次遠遠看見其中一個水族箱裏有一個會張開

的貝殼，等我走近時它已經合上，我站在老人的身旁等待，可是它再也不張開了，只有幾尾笨重的魚在苔綠的水中張嘴。還有一個獨臂的送報人，憑着單車，把報紙扔上沒有電梯的幾幢較矮的房子的三樓或四樓去。還有傍晚時分在餐室獨自吃着煙鎗魚的中年男子。有一次在那邊停車場外的石墩上坐着個老婦人，不曉得為甚麼坐在那裏，她頭上裹着鮮紅的頭巾，像一個老印第安人，因為某些一時代或地域的錯誤而出現在這陌生的地方。另外一趟有兩個癡胖的男子站在街口，其中一個正在滿頭大汗吃力地談話，走過時聽見他的聲音卻是拔尖的女聲，叫人聽來吃了一驚，以為是有另外一個人附上他身體假借他的嘴巴說話。

　　如果一些異乎尋常的事情出現在書本裏，也許就要求一個合理的解釋，或者構成一個圓滿的象徵了。可是當它們一絲一忽地補綴成一條街道，你走過時看到卻沒有甚麼異議，也許你知道發問也是徒勞的，也許你自己給它一個圓滿的解釋，你看到它們的凌亂時你覺得它們沒有經過細心安排，你看到它們身上冥冥中存在的某種秩序，又相信它們並不是隨便亂湊在一起。現實的世界並不缺乏奇特，同樣它也不缺乏

矛盾。書本不能帶人離開這種矛盾，也不能帶人離開這個世界。如果你坐在公共汽車的車廂裏讀包蓋士的短篇，日後回想起來，那個幻想的星球的一角裏，也依稀添進一個破口大罵把乘客推下車去的售票員的影子呢。▋

描寫方法中，有一種叫「工筆」，中國古典文學中，周邦彥寫詞，就以「工筆」見稱。清代著名詞論家周濟讚揚周邦彥說：「鈎勒之妙，無如清真（周邦彥）；他人一鈎勒便薄，清真愈鈎勒愈渾厚。」就是指他運用工筆甚妙。

也斯這篇文章，不少地方用的也是工筆。他集中在幾個重要意象下筆：書、街道、汽車和狗：「這一帶路上最常見的是汽車，其次要算狗了。」結合起來，就描繪了城市的景象和氣息。文章的結尾，作者說「可是當它們一絲一忽地補綴成一條街道」，正說明了作者用一個接一個的鏡頭，拼湊剪貼成街道的完整風景。

物質眾多，人卻孤獨。沒生命的汽車霸佔了整條街道，成為最主要的風景，有生命的狗卻是「用布裹起來拋在理髮店前面溝渠邊的那頭死狗」。作者有很多意思表達，卻用工筆將情景細緻描繪，例如寫修汽車的工人，他是「逐格播放」的：「每天都有不同的破車擱在修理行門前。走過時可以看見吹管的膠喉盤捲在地上，手持的管口噴出火焰；給汽車噴油時空氣中充滿了顏色的霧

氣和油漆的香味。修理汽車的人臥在地上，從汽車底伸出半截身子來；或者蹲在一旁把一塊鐵片鎚圓；或者站在車旁，用抹布揩着補過鐵灰的車子，好像揩着他們自己身上的一個傷口。」刻意用「物化」來表達街道的城市繁囂和疏離感覺：「物質以複數或者放大的形態出現使人驚奇。可是在這附近碰見的人反而都是單數的、少數的。」然後又一次用細緻筆觸描寫這些少數的人，包括「在工程車旁邊的乞丐」、「站在水族館前凝神的老人」、「沿街攤檔為人熨衣服的婦人」和「獨臂的送報人」等，作者像拿着攝影機的記者，拍下一幅幅人物照，然後將眾多的「少數」和「單數」，拼湊成城市街道的生活圖像。

七十年代之後，香港作家本土意識已漸明顯。寫香港這城市的一條街道，繁囂、混雜、物化，人的疏離在城市街道中浮出，如何借描寫的文字表現？也斯用客觀冷靜得近乎冷漠，卻很細緻的筆墨來描寫汽車、人、狗和街道，令讀者的聯想跳不過塵囂的現實都市世界，這些手法，很值得同學學習。

戲院

淮遠

　　小城裏共有三間戲院，最古老的一間位於大馬路和消防局小街的交界處，是一座黑瓦尖頂、長方形的單層獨立建築物，正前方的牆頂上，聳立着一支從不見旗的水泥旗桿。但它的外貌其實乏善足陳，好戲還在裏頭。

　　布幕內右首的牆上，黑暗中隱藏着一個不容易察覺的電鈴按鈕，每一回當看戲的驢頭到得七七八八時，領票員或撕票員就會按出一串鈴聲，通知上邊的機房開始放映。從機房的小洞放射出來的影像，穿過兩排柄子極長的吊扇，投在略嫌窄小的銀幕上。這銀幕古舊得令人在對電影極不滿意時也不忍心向它扔東西，這就像沒有人會硬着心腸去拿那些椅子洩憤一樣。我認真數過，全院的椅子計為六百四十二張，除

156

了椅腳之外，全部用木造成，木虱存在的可能性極高，加上戲院多蚊，進去看戲斷不能只趿着拖鞋，而不穿襪子。由於灰色水泥地面的傾斜度太小，起碼要身高六呎以上才能夠在滿座的情況下仍然見得到銀幕的任何一部分，因此我一定會選最後排或左右兩端走道旁邊的座位，以便隨時可以將屁股提升到椅背或靠臂上。很多時有些驢頭堂堂正正買了票也自願不佔位子，整整個多兩個小時靠在牆邊站着。我不喜歡這樣做。有一天下午我在小城的公眾球場廝殺完畢，帶着籃球入場看戲。我聽見鄰座一個丫頭對他旁邊的另一個丫頭說：「那人坐在一個籃球上。」

其實我在同一間戲院，恐怕已被人談論過兩次了。另

一次是去年夏天的事。那天星期日，天氣晴朗，當兩點半那場「慕尼克十二小時」的鈴聲響了之後，小城外圍一個喚做「橋頭圍」的村落裏，一家小型工廠發生火警。電台新聞組值班的同事懶得老遠從市區趕來採訪，打電話叫我幹。媽媽接過電話，立刻到戲院來。我瞄見大銀幕右下方一個用來在放映預告片時標示片名的袖珍銀幕上，出現「關淮遠即出」五個字，只好放棄游擊隊押人質離開世運村的緊張鏡頭，起身走向後邊。我很介意這給了人家一個清晰的提示：我就是字幕上說的那個倒霉蛋。▌

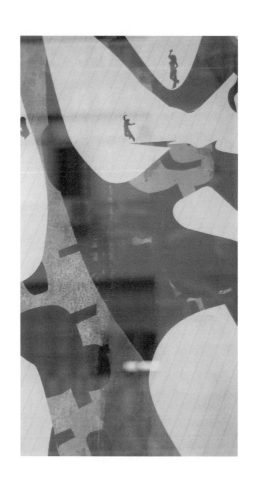

作品賞析・學習重點

淮遠的文字十分獨特，很難學習，卻值得認識。他的散文，通常修飾不多，用最樸實的表達手法，憑着獨特感覺和與常人不同的捕捉與聯想延展，令讀者讀來感覺鮮明深刻。

此文描寫戲院，明顯與我們讀慣的其他描寫文章不同。作者不用豐富綿遠的聯想、沒有細緻的工筆刻劃、也沒有華麗典雅的修辭文字；吸引人的是作者獨特的視覺和觀察，文字異常客觀，甚至有點冷冰冰。正因如此，更配合和流露出城市生活人，臉容蠟木的現實情境。

文章描寫七十年代的戲院，與今天讀者認識的高科技舒適、觀眾不多的迷你型戲院很不相同。可是，無論是何時代，戲院都是不容易描寫的環境。黑暗的戲院，密封環境，人人都坐在位子上，眼睛朝着同一焦點，這就是戲院，世界上任何一所戲院都大同小異。要描寫，怎樣捕捉，才可以令文章有吸引力？

說淮遠的寫法獨特，是他用極強烈的個人角度看世事萬物，他選擇的描寫和敘事角度，都與一般人不同。例如

寫戲院銀幕的古舊，他不從色澤、外形或引人聯想等方向下筆，而是說「古舊得令人在對電影極不滿意時也不忍心向它扔東西，這就像沒有人會硬着心腸去拿那些椅子洩憤一樣」，言簡意賅，反映很強的駕馭語文能力。

古老的戲院，由運作、設備到觀眾，沒有嚴謹的組織佈局，但獨特鮮明，共同組成這間六七十年代古老戲院和戲院內觀眾的形象。建築物頂聳立着一支從不見旗的水泥旗桿、戲院銀幕陳舊、椅子有木虱、有人會站着看戲，這些都不是我們今天印象中的戲院。與其說是作者描寫戲院，倒不如說是寫他對戲院的感覺而已。坐在戲院，作者會數全院有多少張椅子，會在打完球後，帶着籃球進場，還坐在籃球上看，到最後甚至被人把名字印在銀幕上，原來是媽媽要找他，所有這些，都不是戲院的描寫，而是作者自畫像式的描寫。賞析這篇文章，不要錯過了這方面的藝術特點。

「一室皆春氣矣！」

董橋

一

現在是不流行寫信了，人情不是太濃就是太淡。太濃，是說彼此又打電話又吃飯又喝茶又喝酒，臉上刻了多少皺紋都數得出來，存在心中的悲喜也說完了，不得不透支、預支，硬挖些話題出來損人娛己。友情真成身外之物了；輕易賺來，輕易花掉，毫不珍惜。太淡，是說大家推說各奔前程，只求一身佳耳，聖誕新年簽個賀卡，連上款都懶得寫就交給女秘書郵寄：收到是掃興，收不到是活該。

文明進步過了頭，文化是淺薄得多了。小說家Evelyn Waugh論電話，說打電話的人八九是有求於人的人，偏偏有

人專愛女秘書代撥電話；你應鈴接應，線那邊是女秘書的聲
音說：「請等一等，李四先生想跟閣下談話！」人家架子這
樣大，他實在不想強顏伺候，毅然掛斷電話。「對付這種人
只能用這種辦法。」他說。日前偶見台灣一位書畫家刻的一
枚閒章：「相見亦無事，不來常思君」；這樣淺的話，這樣
深的情，看了真教人懷舊！上一輩的人好像都比較體貼，也
比較含蓄，又懂得寫信比打電話、面談都要有分寸的道理。
收到這些前輩的信當然高興；好久沒收到他們的信，只要知
道他們沒事，也就釋然。「墨痕斷處是江流」，斷處的空白
依稀傳出流水的聲音！

二

　　友情跟人情不同。不太濃又不太淡的友情可以醉人，而且一醉一輩子。「醉」是不能大醉的；只算是微醉。既說是「情」，難免帶幾分迷惘：十分的知心知音知己是騙人的；真那麼知心知音知己也就沒有意思了。說「墨痕斷處」是「相見亦無事，不來常思君」的「不來」；「疑是玉人來」的心情往往比玉人真來了還要纏綿。文學作品的最大課題是怎麼樣創造筆底的孤寂境界。畫家營造意境，也不甘心輕輕放過有孤寂的筆觸：「似曾有此詩，似曾有此景，似曾有此境界」，有一位國畫大師寫過這樣的句子。書信因為是書信，不是面對面聊天，寫信的人和讀信的人都處於心靈上的孤寂境界裏，聯想和想像的能力於是格外機敏。梁鼎芬給繆荃孫的信上有「寒天奉書，一室皆春氣矣」之句，又有「秋意漸佳吟興如何？」之念，還有「天涯相聚，又當乖離，臨分惘惘。別後十二到朱雀橋，梅猶有花，春色彌麗」之淡淡的哀愁，正是友情使孤寂醉人也是孤寂使友情醉人的流露。

　　有斷處的空白才有流水的聲音。二十四小時抵死相纏，

苦死了！電影演員葛麗泰・嘉寶在一九三二年主演的名片《格蘭酒店》裏說了一句很有名的對白："I want to be alone."《牛津名言詞典》裏不但收了這句話，還加上注文說明嘉寶生平愛說這句話，電影裏這句對白其實是剽竊她的名言；朋友們私底下都聽過她說："I want to be left alone." 和 "Why don't they leave me alone." 一類的話。嘉寶是紅伶，又甚美艷，想在生活上一求身心的孤寂當然不容易，煩躁不難想見；「我要一個人靜一靜」、「我希望人家讓我一個人靜一靜」、「他們為甚麼不讓我一個人靜一靜」！玉人不想來都不行，做人真太沒有詩意了。

三

Stephen Spender 的自傳 *World Within World* 裏說詩人艾略特任出版社社長期間給他出書，兩人開始有書信往來。斯潘特有幾次寫信質問詩人的宗教觀，認為是詩人「逃避」社會責任的借口；詩人回信說，宗教信仰並非斯潘特所想可以有效避世；他指出不少人寧願讀小說、看電影、開快

車，覺得這些「逃避」比較輕鬆；「關鍵在我是不是相信原罪」。斯潘特讀這封信是在慕尼黑，當時春光明媚，他說他實在不能相信原罪之說。讀信的環境居然可以影響讀信人對信上議論的想法；要是當時慕尼黑是秋風秋雨時節，斯潘特對艾略特宗教信仰的觀感一定不同。要不是江南落花時節，李龜年就不像李龜年了！

世事妙在這裏。書信之命運竟如人之命運：「不可說」！Harold Nicolson 有一次寫文章批評朋友的小說，事後甚感歉疚，寫了封信解釋加道歉。朋友過幾天回了短簡說：「你當眾在我背後捅了我一刀我已經不能原諒你了，你這回竟私下向我道歉，我更不能原諒你了。」

斷處的空白依稀傳出流水的聲音，萬一把空白塞住了，流水恐怕會氾濫。寫信是藝術，但也要碰運氣；不能太濃也不能太淡。徐志摩的《愛眉小札》只有陸小曼才讀得下去；稅務局的公文則誰也讀不下去了。「微雨，甚思酒，何日具雞黍約我？《夢餘錄》再送兩部，祈察收。」雨冷，酒暖，書香，人多情：寒天得這樣的信，當然「一室皆春氣矣」！▌

作品賞析·學習重點

董橋是散文名家，散文集兩奪「中文文學雙年獎」的散文獎。董橋學兼中西，散文既具強烈的中國古典味道，也引用西方故事，造成唯美味道濃厚，一片高雅的知識分子筆法，審美取向比較獨特。

看題目，已知這篇文章描寫的是室內氣氛，或者是作者居室中自處的感覺。春氣當然予人溫暖、生機，不過作者說「一室皆春氣」，卻是描寫個人心緒，而不是真從客觀的氣溫天氣等角度來着墨，氣氛心緒的背後，是獨處的孤寂和人與人相處的感覺。

文章的描寫手法很獨特，要描寫的不是具體實物，而是一種感覺。如果描寫的對象是抽象事物，對於作者來說，技巧要求較高，因為具體的事物，我們可以從形狀、顏色、觸覺和氣味等方面作描寫，但是描寫抽象的事物，就要靠具體的人物情景等來表現，又或者是通過聯想引用等，牽引讀者來感受。文章一開始就寫得好：「現在是不流行寫信了，人情不是太濃就是太淡。」全文把抽象情味，化作感官之物象。濃淡之間的「斷處空白」，妙喻了友情之間，這種恰到好處的相處，既典

雅，又綿遠準確，具體體現董橋散文的特點。

何以「一室皆春氣」，因為恰到好處的友情，在問候和孤寂間，旋出了最溫暖的感覺。董橋用的手法，主要是調動和刺激讀者的聯想，加上古今中外的事物和引用，令文章產生氣氛。作者寫出友情在孤寂時最容易體味。所以說「友情使孤寂醉人也是孤寂使友情醉人的流露」，作者抓住友情須有距離，不是十分的知心知音，「不太濃又不太淡」，才可醉人。作者用的筆墨，主要就是描劃這種景狀情態，不過作者具情思才氣，用字遣詞儒雅溫文，夾着古今中外的比擬聯想，把這種友情間適當的孤寂，用詩詞，如「『疑是玉人來』的心情往往比玉人真來了還要纏綿」；用畫理，如「有斷處的空白才有流水的聲音」；用書箋：如梁鼎芬的「寒天奉書，一室皆春氣矣」；用名人為例，如葛麗泰‧嘉寶說的對白："I want to be alone"。種種援引，博通今古中外，書卷味十足，也是這篇文章最值得欣賞的地方。

家具朋友（節選）

西西

　　家裏有幾件常常會嘩啦嘩啦大叫的電器，我指的電器可不包括電視和電話。不看電視，它就默默無聲了；把電話聽筒拿起來擱在一邊，它也不聲不響了。家裏另有一個會叫喊的水鍋，不燒水它當然不叫，而且，它也不是電器。

　　會吵鬧的電器之一是冷氣機，從晚上一直到天亮，它就在屋子裏哼哼唧唧呻吟，有時候像火車奔跑一般，發出匡朗匡朗的金屬巨響。室內的情況不太厲害，我打開窗子，聽聽它在窗外的聲浪，簡直吵得不得了。不過，打開窗子的時候，我發現天井四周吵鬧的冷氣機不下七、八部，都吵得比我家的那部還兇。我和我的鄰居，誰也不能埋怨誰了吧。但我還是決定找修理部的人來替它看病。

　　會吵鬧的電器之二是洗衣機。衣服常常洗，機器起先文文雅雅，輕輕轉、細細聲，抽水時也像潺潺的溪流。可到乾衣的時候，竟殺豬一般狂喊起來，地動天搖，簡直像瘋子。最奇怪的是家裏的冰箱，突然也會嘩嘩叫喊一陣，像個發瘧疾的病人，搖晃發抖，使我以為它中了邪了。

　　大吵大叫的電器，是在抗議甚麼呢？想得到應得的勞工假期，要和我對話麼？冰箱是否也需要一段休憩的時光呢？我不大了解冰箱和冷氣機的工作，但我從洗衣機聯想到辛勞的家庭主婦，每天面對那麼多家務，循環不息，真夠折磨女人一輩子。▎

這段文字寫於一九八九年八月，收錄於西西散文集《耳目書》，全文共分六節，這裏節選的文字取自散文《家具朋友》。原文寫了不少家具，包括雙疊床、書櫥、樟木箱子、燈罩和風扇等，這裏只挑選了其中寫電器的部分。

和其他喜歡西西的讀者不同，我喜歡她的散文，有甚於她的小說和詩。這或許是因為「散文」，而不是「西西」。西西以手法創新和觸覺敏銳見稱於文壇，精妙的捕捉，配以獨特的表達，令作品產生強大的藝術吸引力。

這篇文章的描寫技巧，不在細緻的刻劃，也不在形神俱似的描繪，而是作者處理的角度和運用的語言。文章之妙，妙在能準確捕捉各電器的共同特點，然後用幽默精準的語言文字，既寫出電器的特點，又滲入個人獨特的生活感覺，當中流露她的生活價值觀。

欣賞本文，可與描寫其他家具手法相比較，她在節選部分以外寫床、書櫥、燈罩，都從觀察和寫自己的處理擺放，節選的部分則主要是從聲音和聽覺切入。「家裏有幾件常常會嘩啦嘩啦大叫的電器」，角度獨特，電器會大叫，一下子就吸引了讀者的興趣，煞有介事來寫生活

尋常觀察，逆差中產生了趣味。

作者先說明「不包括電視和電話」和「會叫喊的水鍋」。「嘩啦嘩啦大叫的電器」是指冷氣機、洗衣機和冰箱。說西西觸覺敏銳，又常有個性獨特的演繹，從這些捕捉之中，可以見到。擬人化的描寫，固然令文章變得生動有趣，更重要是強化了這些電器的特徵。例如寫洗衣機發出聲音和變化過程：「機器起先文文雅雅，輕輕轉、細細聲，抽水時也像潺潺的溪流。」鋪墊好了，再寫發聲的可怖：「可到乾衣的時候，竟殺豬一般狂喊起來，地動天搖，簡直像瘋子。」從「潺潺溪流」到「殺豬般」，對比和捕捉皆成功而有趣。我們常說描寫時要抓住事物特徵，西西抓住發聲狂叫，既是洗衣機有別於其他電器之處，又偏偏是大部分洗衣機的共同特徵，引起讀者共鳴，而且輕鬆幽默，趣味橫生。

擬人化運用，也配以適當聯想，擴闊了空間。「大吵大叫的電器，是在抗議甚麼呢？想得到應得的勞工假期，要和我對話麼？」家具是「物」，作者刻意用人性化的角度來描寫，題目點出家具是朋友，最後說由洗衣機想到辛勞的家庭主婦，「每天面對那麼多家務，循環不息，真夠折磨女人一輩子」。由物到人，溢出了客觀描寫事物的空間，文章讀來就更立體完整。

彩店
（節選）

胡燕青

　　一切都變了，就只有這一爿賣紮作的店子，仍執持着舊
日的一些甚麼似的，擠在中間，每天打着那些大紅大綠的旗
幟，似乎還沒有撤退的意思。

　　從前面看，這店子老擺着個擁擠忙碌的派頭，高低橫豎地
掛滿了七彩繽紛的紙紮。一根柔軟的竹篾，幾塊薄得透光的彩
紙，就糊成了各種離奇古怪的東西，它們有時像一盞燈，有時
像一串黏黏連連的圓盒子，有時竟是一套咸豐款式的衣服，還
有許許多多說不出名堂的玩藝兒。這些紙造的，有個共通點，
就是都那麼輕飄飄的，徐徐擺動，發出一種歎息般輕柔的嗤嗤
沙沙，一派隨時乘風歸去的模樣，讓人覺得這種熱鬧終究還是
短暫的、單薄的。凡是凄風苦雨的夜晚，我就會閉眼想像那些

174

終日插在店門旁邊的五色小風車，耐不住子夜的寒涼，蒲公英似地飄到我們的陽台上來尋求溫暖⋯⋯

　　每逢清明盂蘭，或是祖母的忌辰之類，母親就會差我到小店兒去，買些香燭衣紙回來。初時我拿着這些金邊銀角、姹紫凝碧的小方紙，還覺得蠻好玩的，老偷起幾塊來剪剪貼貼，摺鳥做船。日子久了，知道這是燒給死人的，竟漸漸心慌起來，放着不理了。晚上，母親拿了滿盤子的金銀元寶，恭恭謹謹地往街上走，點起一盆澄黃的光，把這些燦爛絢美的紙張統統燒掉。我站在她背後，看火舌兒飢餓地顛撲、像一綑金燦燦的蛇兒在那裏掙扎打纏，一下子化去那摺疊了好半天的元寶衣裳，心裏就有了一種奇怪的空靜。那時我想，

那過去了的人若真個有知，當無怪我們奉獻的不外一塊薄紙，只消知道母親如何放下整天工夫，摺摺捏捏地坐上三兩個時辰，就該打從心底裏感動，庇佑我們一家子。

儀式過後的早晨，一定有風，捲起街角團團簇簇的灰爐，和幾片錯時的黃葉。光天化日之下，這低徊的舞姿讓人感到那幽冥的國度，也並不那麼僻遙。我試着拾起一張燒餘的衣紙，焦去的一半立即風化，黑色的粉末驟入空無，不復能見；依然鮮艷的另一邊，卻仍扎扎實實的在我指縫間抖動飛揚……

我抬頭看看那小店，不期然對它產生一種莫名的敬畏。它高懸着的紮作即使仍在風中飄颮不定，已經不如往昔那樣無根欠據了，而這裏面經年躲在櫃枱後面的店主人，也忽然變得智慧起來。轉念之間，我竟對他產生了濃厚的興趣，很想知道這樣的一個人，究竟如何同時是我等族類、薄利謀生，又與鬼神打點衣食、交友往來。可是任憑我伸長了脖子，仍只看到那麼一點點；他穿着深色唐裝，頭髮灰白，手指和骷髏一樣瘦，就只多了十個拱型的指甲，顫巍巍地鉗起一紮香，遞將過來。至於他的樣貌，唉，這裏面的燈也實在

太暗了，雖然滿舖子都是彩木鑲成的小圓鏡，和長長短短的赤帶紅綢（說是能驅昏逐晦的），卻仍教人感到沉沉漠漠、愈往裏看愈是茫然，像有一個隧道的口子在那裏張着，永無止境地通向一個不為人知的地方……▋

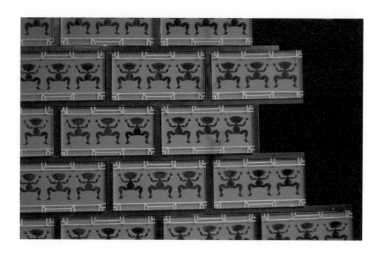

〈彩店〉要描寫的是一種「神秘」，是現實人生和死後世界的隔閡，也因為這種隔閡而產生了不知和茫然。茫然背後，有疑惑，也有恐懼，作者利用細緻的描寫和綿遠的想像，展示了對生死的思考，也側面寫出成長過程中的困惑和迷惘。

所謂「彩店」，是指「賣紮作的店子」，香港人叫它作「紙紮舖」，主要是售賣紙錢香燭等供拜祭殯儀物事。作者描寫的手法，主要在紙紮舖的特色：七彩繽紛、輕飄飄、隨火燒而化灰燼，再在風中馭入空無。這些美麗斑斕的紙紮，煞有介事、栩栩如生，卻原來都只是力求逼真的幻物，沒有真實的重量，隨風而化，具象化的描寫，於我們對人生和死亡的感覺，不是有很大的啟示嗎？

作者觀察的方法，主要是靠視覺和想像，這也是描寫文字最常用的切入角度，本文也沒有例外：「從前面看，這店子老擺着個擁擠忙碌的派頭」；「凡是淒風苦雨的夜晚，我就會閉眼想像那些終日插在店門旁邊的五色小風車，耐不住子夜的寒涼，蒲公英似地飄到我們的陽台

上來尋求溫暖……」。另外，作者選取小孩子的角度來觀察，既造就了這種對生死的無法洞察，也令彩店外觀的色彩繽紛包藏的幽暗灰寂，多了更大的聯想空間。因為是小孩子，所以才會「可是任憑我伸長了脖子，仍只看到那麼一點點」。彩店主人守在店舖的最前線，他的神秘，正好具體展現了「彩店」的神秘。因此作者並不吝嗇筆墨來描寫這店主人：

他穿着深色唐裝，頭髮灰白，手指和骷髏一樣瘦，就只多了十個拱型的指甲，顫巍巍地鉗起一炷香，遞將過來。至於他的樣貌，唉，這裏面的燈也實在太暗了，雖然滿舖子都是彩木鑲成的小圓鏡，和長長短短的赤帶紅綢（說是能驅昏逐晦的），卻仍教人感到沉沉漠漠、愈往裏看愈是茫然，像有一個隧道的口子在那裏張着，永無止境地通向一個不為人知的地方……

很清楚，寫這一位神秘的店主人，最後也只是為了寫出這種「沉沉漠漠」和「茫然」、「不為人知」。整體而言，文章主要用一種「隱藏」的手法，表面上在寫彩店，事實上也費了許多筆墨來寫彩店，可是隱在彩店背後的生死迷茫，卻一直在字裏行間塑造和流露，這是此文的獨特地方，同學宜多注意。

作者要寫死後的神秘和茫然不可掌握，利用最能表示在生的人對死後世界的期望的「彩店」，通過七彩和灰暗的對比，虛假而輕飄飄的紙紮，予讀者對死後世界的聯想和思考，描寫文字和對象別有幽懷，值得學習。

扇情 梁錫華

（節選）

　　書桌上，最動我情懷和引人注目的，除了這把葵扇還有甚麼呢？它的扇面按上下左右為十二乘十四英寸，是名副其實的大葵扇、但體態輕盈，即使遇炎暑而揮動半天也不會使手腕痠累，它全身米黃色，葵葉和葵莖的紋理宛然有致。圍繞扇面起保護作用的是經小刀削齊的葵枝，用粗線扣緊。整把扇是自然加人手的產物，也是實用的，去絕華飾的、美感天成的藝術品。我每逢把玩，都不難想像鄉村婦女在農事稍閒的時候，坐下來拿葵葉編扇的景致。當然有做扇的工廠也說不定，但總是手工業，沒有機器的份兒。

　　以往小孩子的時候，聽人說到葵扇往往愛道新會，似乎新會一帶的葵葉又多又好，於是扇子特別有名氣，但我手上

這把寶貝卻是多年前路過蘇州自雜貨店角落挖出而購獲的，相信是廣東產品，因為製扇原料的葵葉只能出自熱帶或亞熱帶。

....

　　按普通的眼光作比較，葵扇看來最低賤不文。它不過是拙樸的乾葉，正如長得不美又是手腳欠伶俐的村姑。隨你給她怎樣打扮也攀不上俗世的高雅，但她挺能幹活，是純直認真的勞動者，勤懇地貢獻她那一份力量給社會人群。眾所周知，葵扇扇風是最有效的。團扇和羽扇偏重，根本沒得比。折扇雖然輕，但揚風的面積太小，和葵扇差幾倍。真正求好風，在乎這無畫、無詩、無文、無嬌貴、無威儀的枯硬扁平

且薄薄輕輕之物。不過世界畢竟是勢利的，歷代詩文詠團扇的很多，稱譽羽扇的也有，但讚葵扇的卻少得可憐了。唐朝藉藉無名的小詩人雍裕之寫了一首五絕〈題蒲葵扇〉，卻另抒懷抱：「傾心曾向日，在手幸搖風，羨爾逢提握，知名自謝公。」雍詩第一句把蒲葵作向日葵寫，並不科學，但要表達求人提拔的心願，讀者也別怪他了。第二句很直白，末兩句卻用典，指晉世那位袁宏自吏部郎出為東陽郡，太傅謝安送行，後者等到群賢會集的時候，突然命手下人取扇一把作贈禮，意欲取微物稍試以機捷辯速知名的新官如何應對。袁宏果然不凡，接扇後應聲道：「輒當奉揚仁風，慰彼黎庶。」話一出口，合座歎服。

但若細究，當日謝公別有用心送出的菲儀是雍裕之所說的蒲葵扇（即葵扇）嗎？似乎折扇更合理。無論如何，謝安編導了這幕歷史短劇，「仁風」於焉成佳話，入後世乃為扇子的別號，葵扇自然也沾了幾分光。▍

作品賞析·學習重點

詠物，是中國文學的傳統，或言志、或抒情、或說理。這段文字節選自梁錫華〈扇情〉一文，原文分別寫到折扇（廣東人也稱作摺扇）和團扇，節選部分只集中寫葵扇。

詠物，必須要抓住描寫對象的特徵，這是最基本的要求和方法。南朝的中國文學理論最重要作品《文心雕龍》，其中〈物色〉篇就說過描寫客觀景物，要「功在密附」；又說「既隨物以宛轉，亦與心而徘徊」，指出的就是要準確客觀地描寫出事物的形態，又要配合作者抒發的情感。這兩句話很概括地道出了詠物的竅門，同學應該記住。

描寫的方法當然可以是直寫對象本身，也可以通過比較、對照等方法，放大了描寫對象的特徵，協助讀者更具體掌握。

事物的特徵，有具體的，如外形、長相，大小，也有抽象的，像作者在這篇文章強調葵扇的平凡常見。這葵扇只是作者多年前在「路過蘇州自雜貨店角落挖出而購獲

的」，「看來最低賤不文」，作者刻意寫的正是這種與外觀相襯的「質樸之美」，作者看到它，聯想到的是「鄉村婦女在農事稍閒的時候，坐下來拿葵葉編扇的景致」，「正如長得不美又是手腳欠伶俐的村姑……但她挺能幹活，是純直認真的勞動者，勤懇地貢獻她那一份力量給社會人群」。所以作者一開始就說：「書桌上，最動我情懷和引人注目的，除了這把葵扇還有甚麼呢？」抓住葵扇最基本，也最鮮明的特色——樸素實用，既符合事物的本質特性，也暗暗寄託了作者愛惡情感。「隨物宛轉，與心徘徊」，說的正是這意思。

至於像梁錫華等學者型寫法，出入古典與現在，引唐朝詩人雍裕之的詩歌〈題蒲葵扇〉，令讀者有了更大的時間和空間聯想，對葵扇多了一個層次的感覺，那又是另一種方法，閱讀時也應注意和欣賞。

豆腐濃淡總相宜（節選）

葉輝

　　話說袁枚愛吃好豆腐，嘗言「豆腐得味遠勝燕窩」，有一次在蔣戟門處嚐到「蔣侍郎豆腐」，大為欣賞，便求教烹飪方法，蔣戟門（蔣侍郎）開袁才子玩笑，叫他折腰再三揖拜，沒想到袁才子竟為豆腐食單折腰。毛俟園有詩記此段佳話：「珍珠群推郇令苞，黎祁尤似易牙調。誰知解組陶元亮，為此曾經一折腰。」

　　《隨園食單》還有一道「程立萬豆腐」：「乾隆廿三年，同金壽門在揚州程立尤家食煎豆腐，精絕無雙。其腐兩面黃乾，無絲毫滷汁，微有車螯鮮味，然盤中並無車螯及他雜物也。次日告查宣門，查曰：『我能之！我當特請。』已而，同杭董浦同食於查家，則上箸大笑；乃純是雞雀腦為

之，並非真豆腐，肥膩難耐矣。其費十倍於程，而味遠不及也。惜其時余以妹喪急歸，不及向程求方。程逾年亡。至今悔之。仍存其名，以俟再訪。」金壽門即揚州八怪之一的金冬心，袁才子與他在揚州程立萬家吃煎豆腐，驚異於製法精絕，無絲毫滷汁而微有車螯鮮味，查宣門其後照做此菜，可沒有豆腐，只用雞雀胸脯剁製成豆腐狀，肥膩難耐，可見豆腐之為物，遠非山珍海錯所能代替。

一生知己屬貧人

都是傳說而已，豆腐大可不必叨皇帝的光，民間自有

一千種做法，但吃法只有一種，就地取材，配搭百變，吃得開懷便好，蘇軾〈又一首答二猶子與王郎見和〉詩說：「脯青苔，炙青蒲，爛蒸鵝鴨乃瓠壺，煮豆作乳脂為酥。高燒油燭斟蜜酒，貧家百物初何有。」他寫此詩時四十七歲，身在黃州，爛蒸鵝鴨與煮豆作乳都是飲食寄情，脂為酥，即豆腐。陸游有〈鄰曲〉：「濁酒聚鄰曲，偶來非宿期。拭盤堆連展，洗釜煮黎祁。烏犍將新犢，青桑長嫩枝。豐年多樂事，相勸且伸眉。」黎祁也是豆腐，此詩自有一份尋常百姓的清嘉雋永，豆腐不值錢，吃得伸眉便好。清人胡濟蒼詩詠豆腐以言志：「信知磨礪出精神，宵旰勤勞泄我真。最是清廉方正客，一生知己屬貧人。」所詠的正是貧家子弟自我磨礪，以清正廉潔的品格自勉。

家居附近有一間小店，常見中年婦人在店前用鐵板煎豆腐，煎得兩面金黃，香氣撲鼻，每回經過，總忍不住進去吃一碟，喝杯豆漿，醬油在金黃的豆腐輕輕溜過，竟也變得略覺晶瑩，而豆腐炸得皮酥肉滑，真是吃得賞心悅目。這樣的煎豆腐滿街可見，尋常得很，可教人吃得那麼開懷的，倒日漸稀罕了。從前沙田東林寺一帶有極好的山水豆腐，大街

小巷的上海食肆都有即叫即做的油豆腐粉絲湯，一般都做得粗中帶細，應合了「最是清廉方正客，一生知己屬貧人」的清傲，就像民國初年徐卓立在一篇文章所說的「做人須學豆腐」，「因為豆腐有方正的外表，也有潔白的內肺，宜湯宜炒，可葷可素」。可是那個做好豆腐、吃好豆腐的老好時代畢竟過去了，這城市租金貴而豆腐價賤，誰還願意做賠本生意？

葉輝的散文中，《吃遍人間煙火》是一本比較特別的集子。我選了這篇〈豆腐濃淡總相宜〉以及〈一生知己屬貧人〉為例，就是想說明描寫食物，筆觸要照顧食物以外，才可以立體完整，才不會淪為食譜食經之類，才稱得上散文。

以飲食為主題的文章，當然不能只寫出對某種食物的喜愛。食物背後的文化、軼事和聯想，都是吸引讀者，也幫助讀者認識和欣賞該食物的方法。飲食是文化，不能只寫感官之內，大叫大喊一輪「很好吃」，「很有口感」就可以，必須有鉤沉聯想，把食物背後的精神風貌、氣氛情味都寫到，才可動人。

作者描寫豆腐，運用多元手法，既有清代大才子袁枚為了學懂烹調豆腐，不惜折腰三拜；這是側寫手法，才子率性，把這種蔣戟門豆腐的美味吸引，襯托無遺。從描寫技巧角度看，這裏一石兩鳥，既寫了袁枚的才子情性，同時也寫了豆腐的吸引。岔開一筆說，同學寫作時有一種錯覺，就是把記敘、描寫和抒情清楚分開，卻不知在文學表達的世界，本來就是縮結暗通，不會這樣涇

渭分明。記一件事，除了記敘，必也夾雜了抒情和描寫。只是指導和教授寫作，我們着重清楚分類和系統，模糊了散文寫作時，不同文類的複合和相互交融。

這篇文章，也有直寫豆腐的色香：「煎得兩面金黃，香氣撲鼻，每回經過，總忍不住進去吃一碟，喝杯豆漿，醬油在金黃的豆腐輕輕溜過，竟也變得略覺晶瑩，而豆腐炸得皮酥肉滑，真是吃得賞心悅目。」短短數行，抓住視覺（金黃、晶瑩）、嗅覺（香氣）和味覺（皮酥肉滑），描寫密集準確，平凡的豆腐變得賞心悅目，連溜過的醬油也變得吸引，顯見作者筆力。

中國飲食文化，體現在許多文人雅士的介入，也在食物本身獨有的本質。作者善於利用這兩方面來寫豆腐，令簡單的食物有了豐富的內涵，也令讀者不停留在食物的口腹意義。「一生知己屬貧人」，道出了豆腐的平凡與不平凡，所以吸引作者，更吸引讀者。

粥王

黃仁逵

「粥王」每天凌晨二時三刻起床，徒步走七里回店裏煮粥，六十年來天天如是，風雨不改。店東說每天給你另發了車資怎麼還是走路來？「粥王」有說法：煮粥是勞動肩膀臂胳的活，半人高的一鍋粥，要用棍子不住攪，還得攪得徐疾有致，下盤卻是半點不能動的，每天幹活前不先走一段路行行血，這活能幹得長嗎？店東坐在櫃台後，渾身上下只有一根指頭在動──撳電子計算機，聽「粥王」這樣說，骨頭一下子都痠痛起來了，忙把電動按摩座墊調到高檔上。一鍋粥燒成，「粥王」只舀一匙嚐嚐，滿意了，就解了圍裙下班，仍是走着離去，這時間，等吃好粥的人早在店裏伸着脖子等。有「粥王」在，店東那根勤快的手指愈發忙碌了。行裏流傳

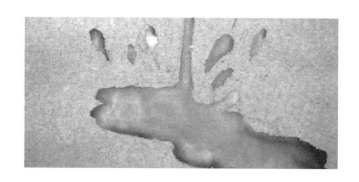

着一個故事：日本的商業特務們偷偷翻了粥店的垃圾桶，將「粥王」用的材料摸得仔細，不過他們最後整理得的「商業資料」，平凡得連一個家庭主婦都懂——「粥王」似乎沒有任何「秘方」，日本人索性換了一隊攝製隊來，打着電視台名號要訪問「粥王」，在被問及煮粥的「秘方」時，九十歲的老人只說一個字「滾！」▌

作品賞析・學習重點

短短數百字，卻是一篇結構綿密，寫得十分「緊」的描寫文章。全篇沒有多餘的筆墨，嚴格地分，是三個小段落的接合：第一段落是粥王步行回粥店，老闆問他既發了車資，為甚麼不坐車，引出粥王一番煮粥的功架要求，最妙是老闆聽後，「骨頭一下子都痠痛起來」；第二個段落是煮粥過程和引來大量食客排隊；第三個段落是日本人派商業特務和攝製隊來暗訪明查，都無法知道粥王煮粥的「秘方」。

作者善用鏡頭和畫面，不在細緻的地方，也不簡單從一般外形、語言、心理等方面着筆。文中的粥王個性獨特，作者描寫手法，主要是捕捉他與別不同的行徑。例如徒步七里回粥店、燒成一鍋粥只舀一匙嚐嚐、日本人無法找出秘方奧妙等。可是文章最吸引人之處，是作者運用短小精悍的語言，樸實俐落，卻正好配合粥王個性獨特，不喜歡瞎纏，煮粥和與人相處，均爽快不拖拉。

另外，作者善用其他人物來對比映襯粥王，店東和日本人都帶點卡通化，配合和協助塑造粥王橫睨一切的形象，伸着脖子等吃好粥的人，交代了粥王煮的粥，美味

吸引，所以店東「那根勤快的手指愈發忙碌了」。

全文沒有一句冗詞，節奏快，語言運用純熟，篇幅短小，正合人物的直率簡單，照顧周全。例如粥王脾氣和行事古怪，卻原來是九十歲的老人家。作者不先點出，直到最後日本攝製隊來問煮粥「秘方」，忽然說破：「九十歲的老人只說一個字『滾！』」似在回答，又似臭罵來訪的日本人，一語雙關，既有趣，也表現出粥王的率性和高深。攝製隊是日本來的，這不懷好意的安排，給我們九十歲的老人家罵個狗血淋頭，意在筆外，實在可喜可愛。

描寫人物，不一定要寸寸尺尺地描摹，也不一定只能從甚麼外貌肖像、語言心理等尋常角度着墨。反而，找到有表現力之處，筆力所及，人物就會活現，像這篇文章，便是憑着善於調動鏡頭、場面和人物間關係，種種設計加起來，讀者對粥王自然產生深刻印象。

聲明

本書尚有個別作者聯絡不上，見書後請跟本社編輯部聯繫，我們將寄贈樣書和付予薄酬。謝謝！

三聯書店（香港）有限公司

編輯部　敬啟

責任編輯	舒　非　張艷玲
版式設計	林敏霞　吳冠曼
封面設計	吳冠曼
封面插畫	李小光

叢書書名	讀範文　學寫作
書　　名	**描寫文選讀**（修訂版）
編　　者	潘步釗
出　　版	三聯書店（香港）有限公司
	香港北角英皇道 499 號北角工業大廈 20 樓
	Joint Publishing (H.K.) Co., Ltd.
	20/F., North Point Industrial Building,
	499 King's Road, North Point, Hong Kong
香港發行	香港聯合書刊物流有限公司
	香港新界大埔汀麗路 36 號 3 字樓
印　　刷	美雅印刷製本有限公司
	香港九龍觀塘榮業街 6 號 4 樓 A 座
版　　次	2010 年 2 月香港第一版第一次印刷
	2015 年 9 月香港修訂版第一次印刷
	2018 年 1 月香港修訂版第二次印刷
規　　格	大 32 開（137×210 mm）200 面
國際書號	ISBN 978-962-04-3832-5

© 2010, 2015 Joint Publishing (H.K.) Co., Ltd.

Published & Printed in Hong Kong